D1713830

Mis documentos

Alejandro Zambra

Mis documentos

EDITORIAL ANAGRAMA
BARCELONA

Diseño de la colección: Julio Vivas y Estudio A
Ilustración: foto © Sarai Da Silva, flickr.com / saricientta

Primera edición: enero 2014

© Alejandro Zambra, 2014
© EDITORIAL ANAGRAMA, S. A., 2014
   Pedró de la Creu, 58
   08034 Barcelona

ISBN: 978-84-339-9771-5
Depósito Legal: B. 24509-2013

Printed in Spain

Reinbook Imprès, sl, av. Barcelona, 260 - Polígon El Pla
08750 Molins de Rei

I

MIS DOCUMENTOS

para Natalia García

1

La primera vez que vi un computador fue en 1980, a los cuatro o cinco años, pero no es un recuerdo puro, probablemente lo mezclo con visitas posteriores al trabajo de mi padre, en la calle Agustinas. Recuerdo a mi padre con el cigarro eterno en la mano derecha y sus ojos negros fijos en los míos mientras me explicaba el funcionamiento de esas máquinas enormes. Esperaba una reacción maravillada y yo fingía interés, pero apenas podía me iba a jugar al escritorio de Loreto, una secretaria de melena y labios delgados que nunca se acordaba de mi nombre.

La máquina eléctrica de Loreto me parecía prodigiosa, con su pequeña pantalla donde las palabras se acumulaban hasta que una ráfaga intensa las clavaba en el papel. Era un mecanismo quizás similar al de un computador, pero no pensaba en eso. De todos modos me gustaba más la otra máquina, una Olivetti convencional de color negro, que conocía bien, porque en casa había una igual. Mi madre había estudiado programación, pero más temprano que tarde se había olvidado de los computadores, y prefería esa tecnología menor, que seguía siendo actual, porque estaba todavía lejos la masificación de los computadores.

Mi madre no escribía a máquina por algún trabajo remunerado: lo que transcribía eran las canciones, los cuentos y poemas que escribía mi abuela, que siempre andaba postulando a algún concurso o empezando el proyecto que por fin la sacaría del anonimato. Recuerdo a mi madre trabajando en la mesa del comedor, insertando cuidadosamente el papel calco, aplicando con esmero el típex cuando se equivocaba. Tecleaba siempre muy rápido, con todos los dedos, sin mirar el teclado. Quizás puedo decirlo de esta manera: mi padre era un computador y mi madre una máquina de escribir.

2

Aprendí pronto a digitar mi nombre, pero me gustaba más imitar, con el teclado, los redobles de las marchas militares. Pertenecer a la banda de guerra era el máximo honor al que podíamos aspirar. Todos querían, yo también. A media mañana, durante las clases, sentíamos el retumbe lejano de las cajas y los pitos, la respiración de la trompeta y el trombón, las notas milagrosamente nítidas del triángulo y de la lira. La banda ensayaba dos o tres veces por semana: me impresionaba verlos perderse hacia una especie de potrero que había al final del colegio. Lo más llamativo era el guaripola, que sólo figuraba en los eventos importantes, porque era un ex alumno del colegio. Manejaba la vara con una destreza admirable, a pesar de que era tuerto –tenía un ojo de vidrio, la leyenda decía que lo había perdido en una mala maniobra.

En diciembre peregrinábamos al Templo Votivo. Era una caminata infinita, de dos horas, desde el colegio, encabezados por la banda y después nosotros, en orden decreciente, de quinto medio (porque era un colegio técnico) a primero básico. La gente se asomaba a saludarnos, algunas señoras nos daban naranjas para evitar la fatiga.

Mi madre aparecía en ciertos puntos del camino: estacionaba por ahí, me buscaba al final de la formación, después volvía al auto a escuchar su música, a fumarse un cigarro, y manejaba otro trecho para alcanzarnos más adelante y saludarme de nuevo, con su pelo largo, brillante y castaño, la madre más bella del curso sin apelación, lo que más bien me acomplejaba, porque algunos compañeros solían decirme que era demasiado linda para ser madre de alguien tan feo como yo.

También iba a saludarme el Dante, que coreaba mi nombre a voz en cuello, avergonzándome con mis compañeros, que se burlaban de él y de mí. Dante era un niño autista, bastante mayor que yo, quizás tenía quince o dieciséis años. Era muy alto, un metro noventa, y pesaba más de cien kilos, como él mismo decía durante un tiempo, cada vez la cifra exacta: «Hola, estoy pesando 103 kilos.»

Dante deambulaba todo el día por la villa, intentando descifrar quiénes eran los padres de cuáles niños, y quiénes los hermanos, los amigos de cada uno, lo que en un mundo donde primaba el silencio y la desconfianza, no debe haber sido fácil. Caminaba siempre a la siga de sus interlocutores, que solían apurar el paso, pero él también aceleraba, hasta quedar de frente, avanzando de espaldas, moviendo la cabeza con severidad cuando entendía algo.

Vivía solo, con una tía, al parecer abandonado por sus padres, pero eso nunca lo dijo, cuando le preguntaban por sus padres él miraba como desconcertado.

3

Además de las marchas de la escuela, por las tardes, ya en casa, yo seguía oyendo sones marciales, pues vivíamos detrás del estadio Santiago Bueras, al que los niños de otros colegios iban a practicar, y donde cada tanto, quizás todos los meses, se desarrollaba una competencia entre bandas de guerra. Así que escuchaba marchas militares todo el día, podría decir que esa fue la música de mi niñez. Pero lo fue sólo en parte, porque en mi familia la música siempre tuvo importancia.

Mi abuela había sido cantante lírica en su adolescencia y su gran frustración fue la imposibilidad de seguir cantando, partida su vida en dos por el terremoto de 1939, cuando ella tenía veintiún años. No sé cuántas veces nos relató la experiencia de haber tragado tierra y despertar, de súbito, con su ciudad, Chillán Viejo, destruida. El inventario de muertos incluía a su padre, a su madre, a dos de sus tres hermanos. Y el tercero fue quien la rescató a ella de entre los escombros.

Mis padres nunca nos contaron cuentos, pero ella sí. Las historias alegres terminaban mal, porque los protagonistas invariablemente morían en el terremoto. Pero también nos contaba otras historias tristísimas que terminaban bien y que eran para ella la literatura. A veces mi abuela terminaba llorando y mi hermana y yo nos dormíamos o más bien nos desvelábamos escuchando sus sollozos, y otras veces, aunque estuviera en un momento especialmente dramático de la historia, algún detalle le provocaba risa y estallaba en carcajadas contagiosas y también nos desvelábamos.

Mi abuela siempre decía frases de doble sentido o impertinencias que ella misma celebraba antes de tiempo.

Decía «por su poto», en vez de «por supuesto», y si alguien opinaba que hacía frío ella respondía «sobre todo que no hace calor». También decía «si hay que luchar, lucheamos» y respondía «de ninguna manera, como dijo el pescado», o bien «como dijo el pescado», o simplemente «pescado», para resumir esta frase: «De ninguna manera, como dijo el pescado cuando le preguntaron si prefería que lo cocinaran frito o al horno.»

4

La misa tenía lugar en el gimnasio de un colegio de monjas, el Mater Purissima, pero se hablaba siempre, como se habla de un sueño, de la parroquia que estaban construyendo. Se demoraron tanto que cuando la terminaron yo ya no creía en Dios.

Al principio iba con mis padres, pero después empecé a ir solo, porque ellos se cambiaron a la misa de otro colegio de monjas, las ursulinas, que quedaba más cerca y duraba sólo cuarenta minutos, porque el cura –un tipo minúsculo y pelado, que siempre andaba en una motoneta– despachaba la homilía con un desdén simpático y hasta hacía con frecuencia el gesto del etcétera con la mano. Me caía bien, pero yo prefería al cura del Mater Purissima, un hombre con una barba compleja, indomable, de un blanco absoluto, que hablaba como retándonos, como desafiándonos, con esa amabilidad enérgica y engañosa tan propia de los curas, y numerosas pausas dramáticas. También conocía, naturalmente, a los curas de mi colegio, como el padre Limonta, el director, un italiano muy atlético –se decía que había sido gimnasta cuando joven– que nos pegaba tatequietos con su llavero para que nos mantuviéramos firmes en la formación, y que por lo demás era afable y más bien paternal. Me resultaba desagradable o inapropiado, sin embargo, su sermón, que era quizás demasiado pedagógico, poco serio. Me gustaba el lenguaje de la misa, pero no la entendía bien. Cuando el cura decía «mi paz os dejo, mi paz os doy», yo escuchaba «ni pasos dejo, ni pasos doy», y me quedaba pensando en esa inmovilidad misteriosa. Y esa frase «no soy digno de que entres en mi casa», se la dije una vez a mi abuela, al abrirle la puerta, y después a mi padre, que me respondió enseguida, con una sonrisa dulce y severa: «Gracias, pero esta casa es mía.»

En el Mater Purissima había un coro de seis voces y dos guitarras que cobraba bastante protagonismo, porque incluso los «demos gracias a Dios» y los «te alabamos, Señor» y hasta los «escúchanos, Señor, te rogamos» se decían cantando. Mi ambición era unirme a ese coro. Tenía apenas ocho años, pero tocaba razonablemente bien una pequeña guitarra que había en casa: rasgueaba con sentido del ritmo, sabía arpegiar, y aunque me venía un temblor nervioso a la hora de hacer el cejillo, igual me resultaba un sonido casi entero, sólo un poco impuro. Supongo que me creía bueno, o lo suficientemente bueno como para acercarme una mañana, al final de la misa, guitarra en mano, a los integrantes del coro. Me miraron en menos, quizás porque era muy chico o porque era una mafia que ya funcionaba, pero no me rechazaron ni me aceptaron. «Tenemos que hacer una prueba», me dijo, con desdén, una mujer ojerosa y medio rubia que tocaba una guitarra extraordinariamente grande. Hagámosla al tiro, le propuse, tenía ensayadas algunas canciones, entre ellas el Padre Nuestro, que era con la música de «The Sounds of Silence», pero no quiso. «El próximo mes», me dijo.

5

Mi madre se había criado escuchando con devoción a los Beatles y un repertorio de música folclórica chilena, y luego había derivado a los hits de Adamo, Sandro, Raphael y José Luis Rodríguez, que era más o menos lo que se escuchaba a comienzos de los ochenta. Había dejado de buscar cosas nuevas –nuevas para ella– hasta el momento en que se encontró con el disco del concierto que reunió a Paul Simon y Art Garfunkel en el Central Park. Entonces su vida cambió, yo creo que para siempre: de la noche a la mañana, con una rapidez impresionante, la casa se llenó de discos, que eran difíciles de conseguir, y ella retomó sus estudios de inglés, quizás solamente para entender las letras.

La recuerdo escuchando el curso de la BBC, que venía en unos álbumes con decenas de casetes dentro, o el otro curso que había en casa, *The Three Way Method to English*: dos cajas, una roja y otra verde, cada una con un cuadernillo, un libro y tres discos de 33. Yo me sentaba a su lado y escuchaba distraído esas voces. Aún recuerdo algunos fragmentos, como cuando el hombre decía «these are my eyes» y la mujer le respondía «those are your eyes». Lo mejor era cuando la voz masculina preguntaba «is this the pencil?» y la mujer respondía «no, this is not the pencil, but the pen», y después, cuando el hombre le preguntaba «is this the pen?», ella respondía «no, this is not the pen, but the pencil».

Tiendo a pensar que cada vez que volvía a casa sonaba en el living alguna canción de Simon & Garfunkel o de Paul Simon como solista. Cuando apareció *Graceland*, en 1986, mi madre era ya con toda seguridad la más ferviente seguidora chilena de Simon, experta también en episodios de la vida del cantante, como su fallido matrimonio con Carrie Fisher, o su cameo en *Annie Hall.* Mi padre estaba sorprendido de que su esposa se hubiera vuelto de pronto fanática de esa música que a él, que entonces escuchaba exclusivamente zambas argentinas, no le gustaba. «Yo debería tener una pieza sola», escuché que decía una noche mi madre, sollozando, al final de una discusión originada porque había conseguido unos pósters y fotos para pegarlos en la pieza matrimonial, con la obvia reacción airada de mi padre, que igual tuvo que resignarse a esa exhibición de otros hombres frente al lecho nupcial.

6

Los fines de semana de primavera e incluso parte del verano, íbamos con mis tíos y mis primos a encumbrar volantines al cerro 15. Era todo muy profesional: mi padre había pasado de curar el hilo con vidrio molido entre dos árboles, como hacía cuando niño, a conseguir una tómbola y un motor para curarlo en casa con un complicado mecanismo. Fabricaba también sus propios volantines. Seguro que por entonces resolvía arduos dilemas informáticos, pero la imagen de mi padre trabajando se remite, para mí, a esas noches en que se afanaba intentando el volantín perfecto.

No me desagradaba elevar volantines, pero prefería hacerlo con hilo sano, porque era incapaz de maniobrar sin estropearme las yemas de los dedos, a pesar de que las tenía ya un poco endurecidas por el contacto con las cuerdas de la guitarra. Pero había que encumbrar con hilo curado, de eso se trataba: afirmar el volantín en el cielo y enfrentar al oponente. Mientras mi primo Rodrigo aserruchaba enérgicamente y mandaba cortados decenas de volantines cada tarde, lo normal era que yo me mantuviera con dificultad en el aire y perdiera el control a cada rato. Lo intentaba, sin embargo, a pesar de que, a poco andar, nadie tenía demasiadas esperanzas en mí.

Llevábamos siempre una caja con decenas de volantines espléndidos, los que mi papá fabricaba y los demás comprados a un amigo de él que se dedicaba exclusivamente a eso. Yo siempre intentaba ubicarme lo más lejos posible de mi familia. A veces, en vez de elevar, me llevaba el volantín y el carrete y pasaba un par de horas echado en el pasto, fumando los primeros cigarros mientras miraba en el cielo las trayectorias caprichosas de los volantines cortados. «Cuánto te doy por ese pavo», me preguntó alguien una de esas tardes. Era Mauricio, el monaguillo. Se lo vendí y pronto vendí también algunos más a su hermano y a los amigos de su hermano.

Mauricio era tan pecoso que daba risa verlo, pero me había costado reconocerlo sin la túnica blanca. En mi confusión, en mi ignorancia, pensaba que los monaguillos eran curas muy jóvenes, que vivían recluidos o algo así. Él me aclaró que no, y me dijo que prefería que lo llamaran *acólito* y no monaguillo. Me invitó a ayudar en la misa, porque el otro acólito iba a retirarse. Me preguntó si había hecho la primera comunión, y no sé por qué le respondí que sí, lo que era totalmente falso, recién estaba preparándome en el colegio. No tenía ni tengo claro si ese era o no un requisito para ser monaguillo, pero instintivamente, ante la duda, como tantas otras veces en la vida, mentí. Le dije que lo pensaría, pero no estaba seguro. Cuando volví donde mi padre y mis tíos, habían descubierto mi negocio con los volantines, pero nadie me retó.

7

Seguía esperando que la mujer ojerosa me hiciera una prueba, pero cada vez que le preguntaba me respondía con evasivas. Recuerdo haberle dicho, para impresionarla, que el Padre Nuestro era mejor en su versión en inglés. «Es imposible que sea mejor que la palabra de nuestro señor Jesucristo», me respondió. Pero debo haberle picado la curiosidad, porque cuando me iba me preguntó si yo sabía de qué hablaba la letra en inglés. «De los sonidos del silencio», le dije, con total seguridad.

Cansado de esperar, una o dos semanas después del encuentro con Mauricio en el cerro 15, me acerqué al cura y a Mauricio y les dije que quería ser acólito. El cura me miró con desconfianza, inspeccionándome de arriba abajo antes de aceptarme. Yo estaba feliz. No cantaría en la misa, pero mi lugar sería incluso más destacado. No tendría los pantalones blancos de la banda de guerra, pero sí la túnica blanca, con el cordón duro atado firmemente a la cintura. La ropa me la prestaría el Mauricio, ni siquiera conté en casa que sería monaguillo, no entiendo por qué, quizás simplemente no quería que fueran a verme.

8

La primera vez que ayudé en la misa estuve durante los primeros minutos mirando de reojo, con enorme sentido de la venganza, el rincón donde estaba la mujer rubia, que no quería enterarse de mi triunfo. Me costaba concentrarme en esos rituales que yo respetaba y en los que creía, pero ahora, sobre las tablas, apenas conservaba una noción, un eco o un resabio de autenticidad. Hubo minutos de gloria, como cuando tocamos las campanillas o secundamos al cura en el saludo de la paz. Y enseguida el peor momento, cuando el cura le dio la comunión a Mauricio y vino mi turno –mi plan era decirle que no podía comulgar, porque llevaba demasiado tiempo sin confesarme, pero antes de la misa se me había olvidado, ya era tarde. Intenté hacer un gesto que significara todo eso, un gesto ojalá imperceptible para los fieles, pero no pude, el cura me embutió la hostia, que me pareció lo que a todo el mundo: desabrida. Pero en ese momento ni siquiera pensé en el sabor, sentía que me iba a morir ahí mismo, castigado por un rayo o algo así. Caminé con Mauricio, pensando en confesarle mi pecado, pero él estaba contento, y me felicitaba una y otra vez por mi desempeño en la misa.

Llegamos a su casa, que quedaba cerca del Mater Purissima. El hermano mayor de Mauricio me invitó a almorzar, estaban solos. Comimos charquicán y escuchamos a Pablo Milanés, de quien yo conocía la canción «Años», que me hacía gracia, y también «El breve espacio en que no estás», que me gustaba. Con un equipo de doble casetera, habían grabado tres veces consecutivas cada canción, en una cinta de 90 o quizás de 120 minutos («son tan buenas que dan ganas de escucharlas al tiro de nuevo», me explicó Mauricio).

Los hermanos cantaban con voces horrendas mientras comían, vociferando sin vergüenza, incluso con la boca llena, y eso me gustó. Cuando alguien desafinaba en presencia de mi abuela, ella decía en tono de secreto, pero lo suficientemente alto como para que todos pudieran oírla, frases como «me doy cuenta que no estamos en la Ópera», o «no amanecimos muy afinados», o «para mí que esta soprano canta con el bigote». Pero ahí no estaba mi abuela para reprimir a esos hermanos que cantaban con total libertad, con desparpajo, emocionados y cómplices: se notaba que habían cantado esas canciones infinidad de veces, que esa música significaba algo importante para ellos. Mientras cuchareábamos la cassata, me fijé en la letra de «Acto de fe» –«creo en ti / como creo cuando crece / cuanto se siente y padece / al mirar alrededor». El final de la letra me pareció desconcertante: era una canción de amor, pero terminaba diciendo la palabra *revolución*. Los hermanos cantaron con toda el alma: «Creo en ti / revolución».

Aunque yo era un niño al que le gustaban las palabras, esa fue la primera vez, a los ocho años, o quizás entonces ya había cumplido los nueve, que escuché la palabra *revolución*. Le pregunté a Mauricio si era un nombre, pues pensé que podía ser el nombre de la mujer amada, Revolución González, Revolución Arratia. Se rieron, me miraron con indulgencia. «No es un nombre», me aclaró el hermano de Mauricio. «¿De verdad no sabes lo que significa la palabra revolución?» Le dije que no. «Entonces eres un huevón.»

Era una broma, yo lo entendía, quizás por la rima. Después el hermano de Mauricio me dio una clase sobre historia de Chile y de Latinoamérica que me gustaría recordar al pie de la letra, pero sólo retuve un sentimiento incómodo y abismante de ignorancia. No sabía nada del mundo, nada. El hermano salió, nos pusimos a ver tele con Mauricio en su pieza, nos quedamos dormidos o semidormidos. Empezamos a manosearnos, a tocarnos enteros, sin besos. A lo largo de los años que duró nuestra amistad, no volvimos a hacerlo, ni a mencionarlo.

9

Llegué a casa cuando recién había oscurecido. No solía rezar, pero esa noche recé mucho rato, necesitaba la ayuda de Dios. En un solo día había acumulado dos pecados tremendos, aunque me preocupaba más mi falsa comunión que los escarceos con Mauricio. Mi abuela me vio arrodillado frente a una figura de Cristo que había en el living y no pudo contener la risa. Le pregunté de qué se reía y me dijo que no fuera exagerado, que con un padrenuestro estaba listo. Mi abuela nunca iba a misa, decía que los curas eran demasiado mirones, pero creía en Dios. «No es necesario decir oraciones», me explicó esa noche, «basta con conversar con Jesús, libremente, antes de dormir.» Pero pensé que eso era extraño o intimidante.

Aunque estudiaba en un colegio de curas, no asociaba el sentimiento religioso a lo que pasaba allí. No me gustaba cuando nos obligaban a ir a misa en el colegio, ni esas tediosas sesiones, en la iglesia contigua al edificio principal, en que nos preparaban para la primera comunión con cuestionarios tontos, como si se tratara de memorizar las leyes del tránsito. Pero a la mañana siguiente, culposo como estaba, en mitad del recreo, decidí que, aunque no hubiera hecho la primera comunión, debía confesarme, o al menos hablar con un sacerdote sobre esos pecados, y partí a la oficina del cura Limonta, que estaba absorto en el libro de contabilidad, quizás calzando unas cifras. Al levantar la vista me miró marcialmente y me quedé tieso, en silencio —ya sé a lo que vienes, me dijo, y yo temblé, imaginando que el cura mantenía quizás qué clase de comunicación expresa con Dios. Me quedé en blanco, como mareado. «No es posible», dijo Limonta finalmente, «todos los niños vienen a pedir lo mismo, eres muy chico para la banda todavía.» Corrí aliviado, de vuelta a clases.

Creo que ese mismo día la profesora jefe y un cura cuyo nombre no recuerdo nos llevaron a un hogar que acogía a niños deficientes mentales. La visita tenía por objetivo mostrarnos lo afortunados que éramos y había incluso un guión para aumentar el dramatismo: los niños comparecían uno a uno a recibir el cariño de la profesora, que no era físico, porque no los abrazaba ni tocaba –«te queremos mucho, Jonathan», decía la señorita mientras un niño con la boca torcida, los ojos extraviados y los mocos colgando mascullaba algo incomprensible. Cada caso era más estremecedor que el anterior y al final estaba Lucy, una mujer de cuarenta años atrapada en el cuerpo de una niña pequeña, que sólo reaccionaba girando la cabeza cuando el cura hacía sonar un cascabel. Recuerdo que pensé en Dante, que era normal comparado con ellos, aunque en la villa le decían el mongólico.

Hasta entonces mi idea del sufrimiento estaba asociada a Dante y a los niños de la Teletón, que era una fuente inagotable de temores y pesadillas. Cada año con mi hermana veíamos el programa entero hasta caernos de sueño, como casi todos los niños, y pasábamos semanas imaginando que perdíamos los brazos o las piernas.

10

«Esto no es nada», dijo mi abuela después del terremoto de 1985, abrazándome. Entramos unos meses más tarde al colegio y nos cambiaron a una sala que habían habilitado o improvisado detrás del gimnasio, donde estuvimos todo ese año.

También el profesor era nuevo. Lo primero que dijo fue su nombre, Juan Luis Morales Rojas, y lo repitió en voz baja, en tono neutro, dos, tres, veinte veces –ahora ustedes, nos pidió, repitan: Juan Luis Morales Rojas, Juan Luis Morales Rojas, Juan Luis Morales Rojas, y empezamos a repetir su nombre, con creciente confianza, jugando con el límite, o intentando entender si había un límite, y al rato gritábamos y saltábamos mientras él agitaba las manos como el director de una orquesta, o como un cantante que disfruta escuchando al público corear la letra. «Ahora sé que nunca van a olvidar mi nombre», fue todo lo que dijo cuando nos cansamos de gritar y de reír. No recuerdo un momento de mayor felicidad en todos los años que estuve en ese colegio.

Semanas después o quizás ese mismo día, Juan Luis Morales Rojas nos explicó lo que eran las elecciones, lo que debían hacer el presidente, el vicepresidente, el secretario, el tesorero. En una de las primeras sesiones de consejo de curso, nos pidió que hiciéramos un listado de los problemas que teníamos, y al principio no se nos ocurría nada, pero alguien mencionó que a los de cuarto básico no nos dejaban pertenecer a la banda. Surgió la idea de hacer una lista con los nombres de quienes querían estar en la banda, pensando en ir a hablar con el cura Limonta. Iba a levantar la mano, pero tardé un segundo; entonces sentí con claridad que no, que ya no quería ser parte de la banda.

11

Al tiempo mi mamá conoció a una mujer que aseguraba haberme visto ayudando en la misa. «Es imposible», le respondió. Pero alguien más le contó lo mismo y volvió a preguntarme. Le dije que no, pero que yo también había visto a alguien sorprendentemente parecido a mí como acólito. «Yo tengo un rostro muy común», le dije.

Cuando finalmente me confesé con el cura Limonta, ni se me ocurrió mencionar que ya había comulgado ni mi experiencia erótica con Mauricio. Recibí, en mi colegio, la primera comunión –que a esa altura era ya la trigésima o la cuadragésima–, y por fin pude comulgar con propiedad. Mis padres estaban presentes, me dieron regalos, creo que entonces sentí el peso de esa doble vida. Seguí ayudando, sin que ellos lo supieran, en el Mater Purissima, tal vez hasta el invierno de 1985, cuando, después de una misa tensa y trajinada, el cura nos criticó duramente: nos dijo que lo distraíamos, que éramos demasiado estridentes, que no teníamos ritmo. Me cayeron pésimo sus comentarios, quizás porque precariamente comprendí que el cura estaba actuando, que no todo era iluminación o como se llamara esa disposición sagrada, esa dimensión espiritual. Decidí renunciar y en ese mismo momento dejé de ser católico. Supongo que también entonces empezó a extinguirse del todo el sentimiento religioso. Nunca tuve, en todo caso, esos devaneos racionales sobre la existencia de Dios, quizás porque después empecé a creer, de manera ingenua, intensa y absoluta, en la literatura.

12

Después del atentado a Pinochet, en septiembre del 86, Dante empezó a preguntarle a la gente de la villa si eran de izquierda o de derecha. Algunos vecinos reaccionaban incómodos, otros se reían y apuraban aún más el paso, otros le preguntaban qué entendía él por izquierda o por derecha. Pero no nos preguntaba a los niños, sólo a los adultos.

Seguí siendo amigo de Mauricio y escuchando en su casa a Milanés, pero sobre todo a Silvio Rodríguez, a Violeta Parra, a Inti Illimani, a Quilapayún, y recibiendo las lecciones de él y de su hermano sobre la revolución, sobre el trabajo comunitario. De ellos escuché por primera vez sobre las víctimas de la dictadura, sobre los detenidos desaparecidos, los asesinatos, las torturas. Yo los oía perplejo, a veces me indignaba con ellos, otras veces me perdía en un cierto escepticismo, siempre invadido por un mismo sentimiento de impropiedad, de ignorancia, de poquedad, de extrañamiento.

Intenté tomar posiciones, al principio erráticas y momentáneas, un poco como Leonard Zelig: lo que quería era encajar, pertenecer, y si eran de izquierda yo también podía serlo, como también podía ser de derecha en la casa, a pesar de que mis padres no eran de derecha realmente, o más bien en casa no se hablaba nunca de política, salvo cuando mi madre recordaba y lamentaba lo mucho que le había costado conseguir leche para mi hermana durante la Unidad Popular.

Comprendí que una manera eficaz de pertenecer era quedarse callado. Entendí o empecé a entender que las noticias ocultaban la realidad, y que yo era parte de una multitud conformista y neutralizada por la televisión. Mi idea del sufrimiento era ahora la imagen de un niño que teme que asesinen a sus padres, o que creció sin conocerlos más que en unas pocas fotografías en blanco y negro. Aunque yo hacía todo lo posible por apartarme de mis padres, perderlos era para mí la situación más desoladora imaginable.

13

«La cuestión no es acordarse / de la primera comunión / sino de la última», dice un poema de Claudio Giaconi. Ya termino.

14

A comienzos de 1987 vino el Papa a Chile y yo volví a sentir el entusiasmo religioso, pero no duró demasiado. A fines de ese mismo año, días después de cumplir los doce, supe que me cambiarían de colegio. No había prosperado con la guitarra, pero tuve mi momento de gloria musical cuando gané el Festival del colegio cantando «El baile de los que sobran». El niño que obtuvo el segundo lugar interpretó, con una voz melódica, perfecta, «Detenedla ya», de Emmanuel. No entiendo cómo le gané. Empezaba a cambiar la voz, me costaba encontrar el tono. Y no sabía lo que cantaba. No sabía lo que cantaba.

En marzo de 1988 entré al Instituto Nacional. Y luego llegaron, al mismo tiempo, la democracia y la adolescencia. La adolescencia era verdadera. La democracia no.

En 1994 entré a estudiar Literatura en la Universidad de Chile. Había en casa un reluciente computador negro. De vez en cuando lo usaba para hacer mis trabajos o escribía poemas que luego imprimía, pero borraba los archivos, no quería dejar huellas.

A finales de 1997 vivía en una pensión, frente al Estadio Nacional, y estaba totalmente peleado con mi padre.

No acepté su dinero, pero sí un notebook usado que insistió en regalarme. Y si él no hubiera insistido también lo habría aceptado. Era justo que mi disco favorito se llamara *Ok computer*. Escribía escuchando mil veces «No surprises», escribía sobre cualquier cosa pero no sobre mi familia, pues por entonces jugaba a que no tenía familia. Ni familia, ni casa, ni pasado. A veces también escuchaba «I am a rock», de Simon & Garfunkel, y también era justo, porque eso vivía, eso pensaba, con seriedad, con gravedad: «I have my books / and my poetry to protect me.»

En 1999 el notebook que me había regalado mi padre, un IBM negro, con una pequeña pelota roja en medio del teclado que funcionaba como mouse (a la que los informáticos llamaban «el clítoris»), se descompuso definitivamente. Saqué en muchas cuotas un Olidata inmenso. Ahora vivía en Vicuña Mackenna 58, en el piso subterráneo de un edificio grande y antiguo. Trabajaba como telefonista por la noche y en las tardes escribía y miraba por la ventana las piernas, los zapatos de las personas que pasaban por la calle Eulogia Sánchez. Ese invierno, como no tenía estufa ni guateros, dormí varias noches abrazado a la CPU del computador.

En 2005 prohibieron el uso del hilo curado, debido a la serie de accidentes que provocaba y al caso de un motociclista que había muerto años atrás. Pero para entonces mi padre ya estaba volcado a la pesca con mosca.

En agosto de 2008 mi abuela murió. Hace unos días revisamos, con mi madre, sus cuentos, pasados ahora al computador, en letra Comic Sans MS, cuerpo 12, doble espacio. Recordaba de memoria el comienzo de «Ninette»:

«Este cuento trata de una familia de grandes abolengos, lo cual hacía que fueran cada día más orgullosos, menos la niña, hija única, que se destacaba por ser buena y bondadosa.»

El 5 de julio de 2013 es hoy. Mi madre ya no tiene pósters en la pieza conyugal, pero sigue pendiente de Paul Simon. Esta mañana, por teléfono, hablamos sobre él, sobre cómo será su vida ahora, si habrá encontrado o no la felicidad con Edie Brickell. Yo le aseguré que sí, porque pienso que yo también sería feliz con Edie Brickell.

Es de noche, siempre es de noche al final de los textos. Releo, cambio frases, preciso nombres. Intento recordar mejor: más y mejor. Corto y pego, agrando la letra, cambio la tipografía, el interlineado. Pienso en cerrar este archivo y dejarlo para siempre en la carpeta Mis documentos. Pero voy a publicarlo, quiero hacerlo, aunque no esté terminado, aunque sea imposible terminarlo.

Mi padre era un computador, mi madre una máquina de escribir.
Yo era un cuaderno vacío y ahora soy un libro.

CAMILO

¡Soy el Camilo!, me gritó desde la reja, abriendo los brazos, como si nos conociéramos: el ahijado de tu papi. Me pareció de lo más sospechoso, como una caricatura del peligro, ya estaba grande para caer en esa clase de trampas. Y esos lentes oscuros, como de ciego, en un día nublado. Y esa chaqueta de mezclilla, con parches negros de bandas de rock. Mi papá no está, le respondí, cerré la puerta sin despedirme, y no di el recado, se me olvidó.

Pero era verdad, mi papá había sido muy amigo del papá de Camilo, Camilo grande: jugaban fútbol juntos en la selección de Renca. Hay fotos del bautizo, con el niño llorando y los amigos mirando solemnemente a la cámara. Durante algunos años todo estuvo bien, mi padre era un padrino presente, se preocupaba del niño, pero hubo una pelea y más tarde, unos meses después del golpe, Camilo grande cayó preso y luego partió al exilio –el plan era que la tía July y Camilito se reunieran con él en París, pero ella no quiso y el matrimonio, de hecho, terminó. Así que Camilito creció extrañando a su padre, esperándolo, juntando dinero para ir a verlo. Y un día, cuando acababa de cumplir dieciocho, decidió que si no podía ver a su padre al menos debía encontrar a su padrino.

Todo eso lo supe la primera vez que Camilo tomó once con nosotros, o quizás lo fui sabiendo de a poco. Quiero decir aquí algunas palabras con claridad y me confundo. Pero recuerdo que esa tarde mi padre se emocionó al comprobar que el ahijado se parecía mucho a su antiguo amigo –tienes la misma cara, le dijo, lo que no era necesariamente un halago, porque era una cara anodina, difícil de recordar, y aunque Camilo usaba varios productos para peinarse a la moda, su pelo tieso solía jugarle malas pasadas. A pesar de mi desconfianza inicial, de inmediato comprendí que Camilo era una de las personas más divertidas imaginables. Rápidamente se convirtió en una presencia benéfica y protectora, un tipo luminoso, un verdadero hermano mayor. Cuando partió a Francia, cumpliendo el sueño de su vida, yo pensé eso, que se me iba un hermano. Fue en enero de 1991, eso puedo decirlo con precisión.

*

Esa fascinación por Camilo la compartíamos todos. Mi hermana mayor estaba totalmente enamorada de él, y mi hermana menor, que era incapaz de mantener la atención más de dos segundos en nada, cuando él venía se quedaba mirándolo fijo y celebraba cada una de sus salidas. Ni qué decir mi mamá, con quien hablaba en broma pero también en serio, porque en ese tiempo Camilo estaba –en sus propias palabras– lleno de tensiones religiosas, y aunque mi mamá no era ninguna beata, le causaba tanto asombro que alguien no creyera en Dios que terminaba escuchándolo embobada.

En cuanto a mi papá, yo pienso que para él, más que un ahijado, Camilo se transformó en un compañero, en un amigo, si incluso dejaba que lo tuteara. Se quedaban en el living hasta tarde conversando sobre cualquier cosa, excepto sobre la existencia de Dios, porque mi papá no admitía que eso se cuestionara, y tampoco sobre fútbol, porque Camilo fue el primer hombre que conocí al que no le gustaba el fútbol. A mí, que adoraba el fútbol, eso me parecía tan divertido, tan exótico: Camilo ni siquiera entendía las reglas del juego. Era célebre el relato del único partido que había jugado en su vida, a los cinco años, en un gimnasio de San Miguel: como todo lo que entonces sabía de fútbol venía de los resúmenes de goles en la tele, esa tarde se dedicó a correr en cualquier dirección celebrando goles inexistentes y saludando al público con alegría, enteramente desentendido de la pelota.

*

Mi relación con mi padre, en cambio, estaba estrechamente relacionada con el fútbol. Veíamos o escuchábamos los partidos, a veces íbamos al estadio, y todos los domingos, al mediodía, lo acompañaba a unas canchas en La Farfana –jugaba al arco y era realmente bueno, lo recuerdo suspendido en el aire, agarrando la pelota con las dos manos y atenazándola contra el pecho. Nunca dejé de pensar, sin embargo, que sus compañeros lo odiaban, porque era la clase de arquero que se pasa dando instrucciones todo el partido, ordenando a la defensa, e incluso al mediocampo, a grito pelado. Baja, huevón, baja, tócala, pásamela, suéltala, baja, huevón, baja: cuántas veces escuché esas órdenes en boca de mi padre, pronunciadas en tono de suprema alarma. Si alguna vez me gritó, no fue tan fuerte como esos alaridos que sus compañeros recibían con fastidio, o al menos eso creía yo, pues no podía ser agradable jugar con esa permanente alharaca de fondo. Pero era respetado, mi papá. Y era muy bueno, insisto. Yo me ponía detrás del arco, con una Bilz o un Chocolito, a veces él me miraba rápidamente, para comprobar que seguía ahí, y otras veces me preguntaba, sin darse vuelta, qué había pasado, porque ese era el gran problema de mi papá como arquero, de hecho por eso no había podido dedicarse al fútbol profesionalmente: su miopía era tan grande que veía sólo hasta la mitad de la cancha. Sus reflejos eran, en cambio, extraordinarios, lo mismo su valentía, que pagó con dos fracturas en la mano derecha y una en la izquierda.

En el entretiempo me gustaba pararme en el lugar del arquero e invariablemente pensaba en lo inmenso que era el arco, una y otra vez me preguntaba cómo era posible que alguien, por ejemplo, detuviera un penal. Y mi papá atajaba penales, claro que sí. Uno de tres, uno de cuatro: nunca se lanzaba antes, siempre esperaba, y si la ejecución era algo menos que perfecta, atajaba.

*

Recuerdo un viaje al campo, cuando Camilo descubrió que yo pestañeaba entre los postes de luz. Todavía lo hago, incluso cuando manejo, no puedo evitarlo: apenas empieza la carretera pestañeo con cuidado intentando acertar el punto medio entre dos postes. Aquella vez, apelotonados con mis hermanas en el asiento trasero del Chevette, Camilo se dio cuenta de que yo estaba tenso, concentrado, y luego empezó a pestañear al mismo tiempo, sonriéndome. Me puse nervioso, porque no quería cometer errores, pensaba fervientemente que sólo si pestañeaba entre los postes estaríamos a salvo.

Ahora no tienen importancia, pero cuando niño mis rarezas me angustiaban hasta hacerme insoportables las actividades más simples. Supongo que era medio o completamente toc. Como tantos niños, evitaba escrupulosamente las rayas entre los pastelones, y si llegaba por error a pisar una entraba en un estado de desesperación incomunicable: me encerraba en mí mismo, me invadía un sentimiento de fatalidad y sin embargo pensaba que era algo demasiado ridículo para decirlo. Tenía también la manía de equilibrar las partes del cuerpo –si me dolía una pierna me pegaba en la otra para igualarlas, o movía el hombro derecho al ritmo de los latidos de mi corazón, como si quisiera tener dos corazones– y la predilección por ciertos números y colores, y sobre todo algunas rutinas realmente caprichosas, como subir y bajar nueve veces la empinada escalera que iba de la piscina a la plaza, lo que no era tan raro, podía parecer un juego, pero yo procuraba que no lo pareciera, disimulaba escrupulosamente: me detenía después del último peldaño, movía la cabeza como descubriendo que había olvidado algo, y sólo entonces volvía sobre mis pasos.

Si menciono todo esto es porque Camilo siempre se mostró dispuesto a ayudarme. Aquella vez, en el Chevette, cuando entendió que yo estaba nervioso, me hizo un cariño en el pelo y me dijo algo que no recuerdo, pero estoy seguro de que fue una frase tremendamente cálida, solidaria y sutil. Tiempo después, cuando comencé a relatarle mis excentricidades, él me decía que todos éramos distintos, que esas cosas raras que yo hacía quizás eran normales. O que no lo eran, pero daba lo mismo, porque la gente normal era apestosa.

*

Podría llenar varias páginas demostrando la importancia de Camilo en mi vida. Por lo pronto recuerdo que fue él quien, después de una conversación ardua y llena de argumentos sofisticados, me consiguió permiso para ir por primera vez a un concierto (fuimos juntos a ver a Aparato Raro, en el colegio Don Orione, de Cerrillos), y también fue él la primera persona que leyó mis poemas.

Yo escribía poemas desde chico, lo que por supuesto era un secreto inconfesable. No eran buenos, pero yo pensaba que sí, y cuando Camilo los leyó me trató con respeto, pero enseguida me aclaró que ahora los poemas no tenían rima. Me sorprendió eso, pues yo pensaba que un poema era una cosa siempre igual, algo antiguo, inmutable. Pero era una gran noticia, porque a veces me costaba un mundo rimar, y era más o menos consciente de que no podía usar siempre las combinaciones fáciles. Y sin embargo desconfié de lo que Camilo me decía, porque hasta ahí nunca había leído un poema sin rima.

Le pregunté cuál era la diferencia entre un poema y un cuento. Estábamos en la piscina, echados al sol, en plena fotosíntesis, como él decía. Me miró con ademanes pedagógicos y me dijo que un poema era todo lo contrario de un cuento —los cuentos son fomes, la poesía es locura, la poesía es salvaje, la poesía es un torrente de sentimientos extremos, dijo, o algo así. Es difícil, en este punto, no ponerse a inventar, no dejarse llevar por el aroma del recuerdo. Dijo estas palabras: locura, salvaje, sentimientos. *Torrente* no. Creo que *extremos* sí.

34

De vuelta en casa tomó mi cuaderno y empezó a escribir poemas. Tardó quizás media hora en escribir diez o doce textos largos y después me los leyó. Yo no entendí nada, le pregunté si la gente los entendía. Él dijo que quizás no los entendían, pero que eso no era lo importante. Le pregunté si quería publicar un libro. Me dijo que sí, que seguro lo haría, pero que eso no era lo importante. Le pregunté qué era lo importante. Me dijo esto o esto fue lo que entendí: lo importante es expresar los sentimientos y mostrarse como un hombre apasionado, interesante, quizás un poco frágil, alguien sin miedo a nada, alguien que acepta su lado femenino. Definitivamente esa fue la primera vez que escuché la expresión *lado femenino*.

Después, no sé cuánto tiempo después, me preguntó si me gustaban los hombres o las mujeres. Yo me alarmé, porque había hombres que me gustaban, como el propio Camilo, sin ir más lejos, aunque tenía claro que me gustaban más las mujeres, mucho más. Me gustan las minas, le dije, me gustan mucho, las encuentro ricas. Ok, me dijo, muy serio, y luego agregó que si me gustaban los hombres no era problema, que eso también podía pasar.

*

Me acuerdo de Camilo, esa tarde, en el puente con forma de arco de Providencia, fumando. Yo entendía que eso no era un cigarro normal, pero tampoco sabía exactamente lo que era. Es demasiado fuerte para un niño, me dijo disculpándose cuando le pedí, porque entonces yo ya fumaba, de vez en cuando. Debe haber sido en 1986 o a comienzos de 1987, yo tenía diez u once años. Lo sé por-

35

que en ese tiempo aún no conocía bien el centro ni Providencia, y porque después fuimos a comprar *True Stories*, de los Talking Heads, que entonces era todavía un disco nuevo.

Tenemos que resolver tu problema, me había dicho esa mañana, mientras caminábamos al paradero. Le pregunté cuál, porque yo pensaba que tenía muchos problemas, no solamente uno. Tu timidez, me respondió, a las mujeres no les gustan los tímidos. Y claro que era tímido entonces, estoy hablando de una timidez genuina, verdadera, no como ahora, que todo el mundo es tímido, llega a dar risa. Si alguien no saluda se dice que es por timidez, y si mató a la mujer fue porque era tímido, si estafó a un pueblo entero, si se presentó a diputado, si se comió el último poco de nutella que quedaba en el pote sin preguntarle a nadie: tímido. Yo hablo de otra cosa: tartamudeos, inseguridad, introspección, para no mencionar de nuevo mis manías.

Voy a ayudarte, me dijo Camilo, voy a darte una lección, pero no te preocupes, no tienes que hacer nada, simplemente acompáñame y no te muevas de mi lado, haga lo que haga. Yo asentí, con algo de vértigo. En la hora que duró el trayecto estuvo contándome chistes, casi todos repetidos, pero ahora los decía en voz muy alta, al borde del grito. Entendí que la lección consistía en que yo me riera igual de fuerte, lo que me costaba muchísimo, pero lo intenté. Pero después, cuando bajamos de la micro, me dijo que esa no era la lección.

Entonces subimos al puente, nos quedamos en la mitad. Camilo fumaba en silencio, yo miraba el agua turbia y rápida de un caudal menos escaso que de costumbre. Me concentré en la corriente, y no sé cómo sucedió: miraba tan fijamente, estaba tan absorto en la imagen, que tuve la sensación de que el agua estaba quieta y que íbamos en un barco, aunque entonces yo nunca había estado en un barco. Me quedé así un rato largo, quizás quince minutos, veinte, no lo sé. Vamos en un barco, le dije a Camilo, y le expliqué lo que había descubierto. Me costó explicarle, no me entendía, pero de pronto también lo vio, y lanzó una exclamación de asombro profundo y creciente, muy de volado. Seguimos mirando la corriente mientras él decía *increíble, increíble, increíble.*

Después, cuando caminábamos hacia Providencia, me dijo que ahora me respetaba, y agregó, ceremonioso: me caías muy bien, me caes muy bien, pero ahora además te respeto. Cuando llegamos a una esquina, quizás la de Carlos Antúnez, me hizo un gesto sutil y cortante con la cabeza que quería decir *ahora*, se echó al suelo agarrándose la guata, y empezó a reír destemplada, escandalosamente. De inmediato se hizo un círculo en torno de nosotros, yo no quería estar ahí, pero entendía que esa era la lección. Cuando terminó de reír había cinco carabineros pidiéndole explicaciones. Camilo se dio tiempo para hacerme un gesto aprobatorio, había permanecido junto a él, y me había reído un poco también, como si fuera el amigo tímido del reidor, pero no lo suficientemente tímido como para avergonzarse. Yo miraba las caras de los pacos, imperturbables y severos, mientras Camilo hilvanaba, en absoluto desorden, una explicación en que hablaba de mí, de mi timidez, y de por qué era necesario darme esa lección, para que yo pudiera, les dijo, crecer. Había alterado el orden público, estábamos en dictadura, pero Camilo consiguió convencer a los policías, y nos marchamos con la extraña promesa de no reír nunca más en la vía pública.

Estoy voladísimo, me dijo después, o quizás lo dijo para sí mismo, un poco preocupado. Fuimos a unas galerías, a comprar el disco. La disquería era totalmente distinta a las que yo conocía, todo me resultaba lujoso o exclusivo. Cuando el vendedor nos pasó *True Stories* Camilo tradujo para mí el comienzo de «Love for sale», aunque quizás se carrileaba un poco, porque no sabía inglés. Tomé el vinilo, miré la carátula blanca y roja, y le devolví el mismo gesto leve: *ahora*. Él alcanzó a mirarme como con pánico, pero yo sin más salí corriendo con el disco en las manos, y seguimos corriendo y esquivando a la gente mucho rato, riendo como locos, a toda velocidad.

Esa tarde había un partido, no recuerdo cuál, pero era de la selección. Y Camilo se quedó a verlo con nosotros. Mi papá se extrañó, le preguntó por qué. No tengo papá, tú eres mi padrino, debes enseñarme algo de fútbol, le dijo. Y si no –le advirtió, cerrándome un ojo– me hago maricueca.

Se volvió una costumbre que Camilo viera los partidos con nosotros, pero no sé si mi papá lo disfrutaba, porque las preguntas que hacía el Camilo eran tan básicas y despistadas que rápidamente nos ganaba el tedio.

*

El 4 de diciembre de 1987 cometí un pecado mortal. Los Prisioneros acababan de lanzar *La cultura de la basura*, su tercer disco, y me moría de ganas de comprarlo, pero no tenía un peso. Pensé en robar de nuevo, pero no me consideraba capaz, lo de los Talking Heads había sido apenas un momento de inspiración. Se me ocurrió una mejor idea: como la salida del disco coincidía con la Teletón, pedí dinero para ayudar a los niños lisiados, partí a la plaza y compré el disco.

Lo pasé pésimo. Me encerraba a escuchar el disco en la pieza, y al principio cada canción me sonaba ligada, de un modo u otro, a mi fechoría. Decidí confesarme, pero me daba miedo la reacción del cura. Confiésate conmigo, qué vas a andar contándole tus cosas a un cura. Además, te digo al tiro: masturbarse no es pecado, yo creo que hasta Jesús se corría unas pajitas pensando en María Magdalena. Me llegó a dar vértigo de la risa. En la vida había escuchado una herejía semejante. En el living, sobre la mesa del comedor, había una imagen de Jesús y en adelante ya no pude mirarlo sin imaginarme que esa era su cara después de eyacular. Por lo demás, nunca sentí que la masturbación fuera pecado. Cuando le conté a Camilo lo que había hecho, me dijo que no me preocupara, que la Teletón cumplía su meta con los puros auspiciadores, y que quizás yo *necesitaba* ese disco, que quizás era justo lo que había hecho. No entiendo, le dije. Bueno, sentenció: si sigues con culpa, rézate esa oración donde se pegan en el pecho.

*

¿Y tu madrina? ¿Has visto a tu madrina?, le pregunté una mañana —en ese tiempo solía quedarse a dormir en el living, se levantaba temprano y volvía del mercado con una sandía, porque era verano. Respondió que sí, que seguía siendo la mejor amiga de su madre. ¿Y tú? ¿Tienes padrinos?

Sí, pero son mis tíos, los hermanos de mi mamá.

Eso no sirve, respondió. La idea es que no sean familiares. Los tíos igual te van a dar regalos. Pienso que mi papá puede ser tu padrino, me dijo muy serio. Cuando viaje a verlo le voy a pedir que sea tu padrino.

*

Insistía en que le enseñáramos fútbol y a veces jugábamos a los penales en el pasaje. Pero mi papá se cansaba, decía que Camilo no se concentraba, que no era serio su interés. Igual fuimos los tres al Estadio Santa Laura, a un programa doble, de preliminar jugaba la U con Rangers. Camilo, para irritación de mi papá y mía, había decidido que era de la U, que era el equipo de su padre, aunque por supuesto ni siquiera sabía cómo se llamaban los jugadores. Le gustó que en el estadio todo el mundo gritara y reclamara, pero le sorprendió que se ensañaran con el árbitro, así que decidió defenderlo, y aunque al principio la gente se lo tomó a mal, también daba risa escuchar a Camilo, que cada vez que el árbitro cobraba una falta o mostraba una tarjeta, se ponía de pie y decía a viva voz: muy bien hecho, señor, excelente decisión.

Después vino un partido de Colo Colo con Audax (creo). Me gustaban en especial el chino Hisis, el pillo Vera, Caszely y Horacio Simaldone, y odiaba a algunos también: a Cristián Saavedra (no sé por qué) y sobre todo a Mario Osbén, porque mi ídolo principal en ese tiempo era Roberto Rojas, e inexplicablemente Pedro García, el entrenador, los hacía alternar en la titularidad. Me daba rabia, me indignaba tanto ver al Cóndor en la banca, que cuando iba al estadio bajaba a la reja a gritarle a García, lo tapaba a garabatos. En casa tenía prohibido decir garabatos pero en el estadio había manga ancha.

Admirar al Cóndor Rojas era inevitable, todos los chilenos lo admirábamos. Y era también un modo apenas solapado de admirar a mi padre. Por lo demás, yo conocía a la perfección el puesto, sabía de memoria los movimientos, y consideraba que la labor del arquero era sin duda la más difícil. A veces también yo jugaba al arco, intentando parecerme al Cóndor Rojas o quizás a mi padre (en todo salvo en los gritos). Y sin embargo, el tiempo que entrené en las inferiores de Cobresal, en la misma cancha donde un quinceañero Iván Zamorano empezaba a convertirse en un crack, me probé como mediocampista y no como arquero. Me daba miedo, quizás, no estar a la altura.

*

¿Por qué Camilo pasaba tanto tiempo con nosotros? Porque lo queríamos, seguro. Y porque en su propia casa no lo pasaba bien. Quizás decía eso, entre dientes. Peleaba con su madre, por la crisis religiosa, y por la situación política. Antes del plebiscito Camilo fue a todas las concentraciones a favor del NO y eso provocó peleas muy fuertes. Él quería que ganara el NO porque odiaba a Pinochet pero también porque pensaba que de ese modo su padre volvería a Chile. Pero su padre no quería volver, o eso le decía la tía July a Camilo todo el tiempo —tu papá tiene otra familia, tiene otro país, ni siquiera se acuerda de ti. Pero el padre de Camilo le escribía siempre, le enviaba dinero, y lo llamaba de vez en cuando.

La tía July era dura. Y sin embargo nos trató muy bien la única vez que fuimos a su casa. Nos dio pastel de pan y leche con plátano mientras jugábamos Moctezuma's Revenge con los hermanastros de Camilo. Era raro ver al Camilo como fuera de sitio. Recuerdo que entré a su habitación y parecía que no vivía ahí. A mis hermanas y a mí nos regalaba pósters y pergaminos, pero en su pieza no había nada de eso: me impresionó ver esas paredes blancas, vacías, ni siquiera un clavo para colgar una foto.

Ah, ¿qué estudiaba Camilo? Ingeniería en Ejecución en algo, en la UTEM, que entonces se llamaba IPS. Quedó en esa carrera la tercera vez que dio la prueba, recuerdo que fue a hablar con mi papá, a pedirle consejo. Pero no le gustaba estudiar. Una vez intentó hacerme clases de matemáticas, pero no resultó, y además no era necesario. Tampoco sé si leía, creo que sí. Creo que esa vez, cuando me habló de poesía, mencionó a Rimbaud y a Baudelaire, los poetas malditos, no sé si a ellos, pero mencionó algunos autores.

Muchas veces, pienso ahora, desde este lugar tan sospechosamente estable que es el presente, Camilo era inmaduro. Pero no. No lo era. O tenía también ese otro lado intuitivo, generoso, perspicaz.

Él estaba con nosotros, frente a la tele, cuando el Cóndor Rojas fingió la herida en el Maracaná. No podíamos creer lo que veíamos, Camilo también estaba consternado. Brasileños culiaos, dije yo muy fuerte, para ver si me retaban, pero nadie me retó. Mi papá se sumió en un silencio absoluto, estaba triste, furioso. Camilo partió al tiro al centro, y fue parte del gentío que reclamó frente a la embajada de Brasil. Yo quise acompañarlo pero no me dejaron, y tuve que comerme la rabia.

Tiempo después, cuando el tema se seguía debatiendo y Roberto Rojas declaraba ante la FIFA y seguía dando entrevistas donde aseguraba su inocencia, Camilo vino a comer y dijo que ya no creía en la inocencia del Cóndor. Ya entonces corría el rumor, pero tanto yo como mi papá lo considerábamos una infamia, una estupidez. Mi papá lo miró con desprecio, casi con rencor: no tienes derecho a opinar, no sabes nada de fútbol, le dijo: ¿de verdad crees que el Cóndor iba a ser tan estúpido como para hacer eso? Poco después, cuando Roberto Rojas apareció en la tele declarándose culpable, tuvimos que aceptarlo.

Entonces le pedimos disculpas a Camilo, pero él no le dio importancia. Incluso meses después de ver al Cóndor confesando su culpabilidad, yo seguía pensando que era imposible. Pero el tiempo pasó, y tuvimos que dejar de admirar al Cóndor Rojas y yo también dejé de acompañar a mi papá a sus partidos. Y poco después mi papá sufrió su última fractura en la mano derecha. Y el médico le pidió que nunca más jugara fútbol.

*

A mediados de 1990 sucedió un hecho luminoso: después de una década solicitando una línea telefónica, nos la concedieron. Nos dieron el número 5573317. La mañana en que lo vinieron a instalar estábamos solos con mi mamá. Lo primero que ella hizo fue llamar a una amiga, y después me dijo que llamara yo a algún amigo, pero no tenía el teléfono de ninguno. Así que llamé a Camilo. Era uno de esos periodos en que inexplicablemente dejaba de visitarnos. Sonaba contento, le pedí que viniera a vernos. Apareció a los pocos días.

Esa vez quiso enseñarme a interactuar con las mujeres. Yo tenía ya catorce años, había dado algunos besos, pero básicamente mi relación con las niñas seguía siendo difícil. Camilo me contó que acababa de conocer a Lorena, que habían salido, que se habían acostado. Me explicó cómo había que tratar a las mujeres en la cama («hay que desnudarlas lentamente, controlando la ansiedad», creo que me dijo). Y ahora que teníamos teléfono, me propuso: yo llamo a la Lorena, y tú escuchas por el teléfono de la pieza de tu mamá. Así te vas a dar cuenta de cómo seducir a las mujeres. Camilo no se estaba pavoneando, no. Realmente quería enseñarme.

Hola, Lorena, habla Camilo, le dijo, con voz profunda.
Ah, cómo estás –era dulce su voz, dulce y un poquito ronca.
Bien, pero necesito verte.

Ella se quedó callada cinco segundos antes de soltar esta frase que nunca olvidaré:

Bueno, si ya es una necesidad, lo dejamos hasta aquí –y colgó.

Fui a la cocina, puse la tetera y le preparé un té a Camilo. Creo que fue la primera vez que le preparé un té a alguien. Le puse mucha azúcar, como entendía que se hacía cuando alguien estaba triste.

Gracias, me dijo Camilo, con un gesto resignado. Pero no importa. Estoy contento. El próximo verano va a pasar algo importante.
¿Qué?
Que no va a ser verano para mí. Va a ser invierno.

El diálogo era perfecto, pero no lo entendí, aunque me dio pistas. Qué tonto.

Que me voy a Francia, a ver a mi padre, dijo, con la ilusión nítidamente dibujada en la cara.

*

Me salto muchos años. Puedo ser más exacto: veintidós. Es noviembre de 2012. Estoy en Ámsterdam, en un encuentro con chilenos, converso con algunos, la mayoría exiliados, algunos hijos de exiliados, otros estudiantes. Y ahí está Camilo grande, Camilo padre. Alguien nos presenta y al escuchar mi apellido noto el interés en sus ojos. Te pareces a tu padre, me dice. Y usted a Camilo, respondo. Me pregunta cosas, vaguedades. Hablamos sobre las marchas, sobre la vergonzosa negativa oficial a que los chilenos en el extranjero puedan votar en las elecciones. Hablamos sobre Piñera y de pronto somos dos compatriotas deletreando la incompetencia del presidente. Y después: cómo está el Hernán, me pregunta. Bien, le digo, y pienso que hace tiempo que no hablo con mi papá. Me siento un poco agredido, no entiendo bien por qué. Estoy helado. Me doy cuenta: pienso en lo mucho que sufrió Camilo por su padre. Siento que, de un modo absurdo y oscuro, al hablar con Camilo padre estoy traicionando a mi amigo, a mi hermano. Pero quiero hablar con ese hombre, saber quién es. Le digo que nos juntemos al día siguiente.

Quedamos de vernos en un restorán mexicano que queda en Keizersgracht. Es una pequeña caminata desde el hotel. Llego casi dos horas antes, para ver el partido del Barcelona. Alexis está en la banca. Desde hace décadas el fútbol se transformó, para nosotros, en un deporte individual. Por culpa del Cóndor Rojas no sólo quedamos fuera de Italia 90, también de Estados Unidos 94. No tuvimos más remedio que concentrarnos durante años en los triunfos y en los fracasos individuales de los pocos compatriotas que jugaban fuera. Fuimos del Madrid cuando estaba

45

Zamorano, y ahora somos del Barça, con Alexis, mientras dure (si es que dura). Y hemos sido y seremos de los equipos donde jueguen Mati Fernández o Arturo Vidal o Gary Medel y los demás. Estamos acostumbrados a ese contrasentido: qué me importan los goles de David Villa y de Messi, el 2 a 0 con que termina el primer tiempo. Mi único interés es que pongan a Alexis, y si no brilla que al menos no haga alguna chambonada.

Camilo padre también llega antes. Voy a ver un partido con el papá de Camilo, pienso.

Lo que yo sabía sobre Camilo padre, sobre su exilio, era lo poco que me había contado su hijo: que había caído preso en 1974, que luego había tenido suerte, por así decirlo, para salir de Chile, el año 75: que había llegado a París, que a poco andar se había casado con una argentina, con la que tenía dos hijos. Me entero de que lleva quince años en Holanda, primero en Utrecht, luego en Rotterdam y ahora en un pueblo cerca de Ámsterdam. De pronto, como si yo fuera un policía que no quiere perder el tiempo, acelero el relato, le pregunto qué pasó: por qué cuando Camilo volvió a Chile estaba tan cambiado.

Yo no sé por qué, me dice. Él fue a París a buscarme. Quería que volviéramos juntos a Chile. No le interesaba venirse él, se lo ofrecí. Me decía que era chileno. Le propuse que estudiara acá, le hablé del plan de radicarnos en Holanda. Él me dijo que no le gustaba estudiar, ni en Santiago ni en Europa. Y todo fue subiendo de tono. Me dijo cosas horribles. Le dije cosas horribles. Y empezó una competencia, la competencia de quién decía las cosas más horribles. Y yo quedé con la sensación de que él había ganado. Y él quedó con la sensación de que yo había ganado. Todos esos años habíamos estado en contacto, yo me preocupaba, le mandaba plata, no tanta, pero le mandaba. Después, la primera vez que volví a Chile, estuvimos juntos, almorzamos varias veces, pero siempre peleábamos.

Eso fue el año 92, le digo.

Sí, responde.

A los quince minutos del segundo tiempo entra Alexis, que se ve lento, queda fuera de juego un par de veces, pero tiene una pequeña participación en el 3 a 0 de Xavi. Después marcan Fábregas y de nuevo Messi. Alexis falla un gol cantado en los minutos finales.

Qué piensas de Alexis, me pregunta Camilo –que no es mejor que Messi, le digo, y él sonríe. Agrego que nunca fue un goleador, que en Chile fallaba goles a cada rato, pero que era excepcional, era el mejor por las puntas. De pronto lo pienso de nuevo: estoy hablando de fútbol con el padre de Camilo y siento una especie de estremecimiento. Una sensación muy rara. Hablo sobre el Colo Colo 2006. Hablo de Claudio Borghi, de Mati Fernández, de Chupete Suazo, de Kalule, de Arturo Sanhueza. Hablo de esa final terrible en el Monumental, contra el Pachuca. Me siento torpe hablando así. Ingenuo.

Camilo quería que usted fuera mi padrino, le digo después. Sonríe como sin entender. Y no lo explico. Insiste en que lo tutee. Le digo que no. Me pregunta si mi padre y Camilo se tuteaban. Le respondo que sí. Tutéame entonces. Prefiero que no. Después intento que mi respuesta suene cortés, pero lo único que me sale es un no atenuado, murmurado.

Le pregunto por qué mi padre y él se enojaron. Mi padre nunca quiso contarme, ni a Camilo: siempre cambia-

47

ba el tema. Y nadie más sabía. Suponíamos que era algo muy grave.

Fue en la semifinal, me dice Camilo padre, la teníamos ganada, dos a cero: yo jugaba de backcentro, quedaban pocos minutos, y tu padre gritaba como loco –le digo que lo sé, que lo vi jugar, que siempre me impresionaban esos gritos. Tócala, tócala, tócala, Camilo, huevón. Llevábamos varios partidos peleando por eso. No me dejaba decidir. Tócala, tócala. Y en ese tiempo el arquero sí podía tomar la pelota con la mano cuando se la devolvían.

Me acuerdo, le digo. No soy tan joven, le digo.
Eres muy joven, me dice.

Pedimos más cervezas. Continúa:

Tócala, Camilo, huevón, repetía el Hernán una y otra vez. Yo estaba harto, de puro choro le pegué al ángulo y metí el autogol –ahí tenís la pelota, conchetumare, le dije. Algunos se rieron, otros me retaron, tu papá me miró con odio. Y después nos empataron. Si hubiéramos ganado, si yo no hubiera marcado ese autogol, habríamos jugado la final.

En eso llega mi amigo Luc, tiene que pasarme unos libros. Le presento a Camilo. Se sienta con nosotros unos minutos, le pregunta, en su extravagante español, si es exiliado. Ya no, responde Camilo. O sí. Ya no lo sé. Luc me dice que nos vayamos, pero siento que debo quedarme. Le digo que nos juntemos más tarde.

A mí no me hicieron nada, me dice Camilo, cuando quedamos solos de nuevo. Le había dicho a su hijo que

48

nunca lo torturaron, a pesar de que estuvo preso varios meses. Me torturaron, dice. Pero no quiero hablar de eso. Me hicieron mierda, pero estoy vivo. Pude salir, empezar de nuevo. Ambos guardamos un silencio trajinado. Ambos pensamos en Camilo. Yo recuerdo la disquería, la canción de los Talking Heads, quizás la tarareo mentalmente. «I was born in a house with the television always on / Guess I grew up too fast / And I forgot my name.»

Ahora caminamos por Prinsengracht, hace frío. Sin quererlo empiezo a contar las bicicletas que pasan raudas por la calle. Cincuenta, sesenta, cien. El silencio parece definitivo. Siento que vamos a despedirnos en cualquier momento. Me voy a ir yendo, dice, justamente.

Dile a Hernán que me perdone, me pide. Le aseguro que ya lo perdonó, hace muchos años, que no tiene importancia. Le pedimos a un niño que nos tome una foto con mi teléfono. Mientras posamos pienso que voy a llamar a mi padre mañana, que hablaremos largo sobre Camilo padre, y también recordaremos, como hacemos a veces, la noche horrenda, a comienzos del año 94, en que la tía July nos llamó para decirnos que habían atropellado a Camilo, y la desgraciada semana en que estuvo a punto de salvarse pero no se salvó.

No sé por qué le pregunto al final cómo se enteró de la muerte de Camilo. Lo supe ocho días después, me dice. July sabía cómo ubicarme, pero no quiso. Estamos de pie, mirando el suelo, en una esquina donde funciona una tienda de lámparas. He visto eso varias veces estos días en Ámsterdam: vitrinas llenas de lámparas prendidas en la noche. Estoy a punto de decírselo, para cambiar de tema. Entonces él repite –por favor dile a Hernán que me perdone por el autogol. Se lo voy a decir, respondo. Cuando

nos despedimos me abraza y se pone a llorar con amargu-
ra. Pienso que la historia no puede terminar así, con Camilo padre llorando por su hijo muerto, su hijo casi desconocido. Pero así termina.

RECUERDOS DE UN COMPUTADOR PERSONAL

para Ximena y Héctor

Fue comprado el 15 de marzo del año 2000, en cuatrocientos ochenta mil pesos, pagaderos en 36 cuotas mensuales. Max intentó acomodar las tres cajas en el maletero de un taxi, pero no había espacio suficiente, por lo que hubo que usar pitillas y hasta un pulpo para asegurarlas, aunque era un trayecto breve, sólo diez cuadras hasta Plaza Italia. Una vez en el departamento, Max instaló la pesada CPU bajo la mesa del comedor, tendió los cables de forma más o menos armónica y jugó como un niño con las bolsas y plumavits del embalaje. Antes de iniciar solemnemente el sistema, se dio tiempo para mirarlo todo con detención, fascinado: el teclado le pareció impecable, el monitor perfecto, y hasta pensó que el mouse y los parlantes eran, de algún modo, agradables.

Era el primer computador de su vida, a los veintitrés años, y no sabía con certeza para qué lo quería, si apenas lograba encenderlo y abrir el procesador de texto. Pero era necesario tener un computador, todo el mundo opinaba eso, también su madre, que le prometió ayudarlo a pagar las cuotas. Trabajaba como ayudante en la universidad, quizás podría digitar ahí los controles de lectura, o transcribir esos apuntes ya viejos, escritos a mano o tipeados con tanto esfuerzo en una antigua máquina Olympia, con la que también había escrito todos sus trabajos de la licenciatura, provocando la risa o la admiración de sus compañeros, porque ya casi todos se habían pasado a los computadores.

Lo primero que hizo fue transcribir los poemas que había escrito en los últimos años, textos cortos, elípticos, incidentales, que nadie consideraba buenos, pero tampoco eran malos. Algo pasaba, sin embargo, al ver en la pantalla esas palabras, que tanto sentido tenían en sus cuadernos: dudaba de las estrofas, se dejaba llevar por otro ritmo, quizás más visual que musical, pero en vez de sentir el traspaso como un experimento, se retraía, se frustraba, y era frecuente que los borrara y comenzara de nuevo, o que perdiera el tiempo cambiando las tipografías o moviendo el puntero del mouse desde un extremo a otro de la pantalla, en líneas rectas, en diagonales, en círculos. No abandonaba sus cuadernos y su pluma, con la que al primer descuido regó de tinta el teclado, que además debió soportar la presencia amenazante de innumerables tazas de café, y una persistente lluvia de cenizas, porque Max casi nunca alcanzaba el cenicero, y fumaba mucho mientras escribía, o más bien escribía poco mientras fumaba mucho, pues su velocidad como fumador era notablemente mayor que su velocidad como escritor. Años más tarde la acumulación de mugre provocaría la pérdida de la vocal *a* y de la consonante *t*, pero lo mejor será, por ahora, respetar la secuencia de los hechos.

Gracias al computador, o por su culpa, sobrevino una soledad nueva. Ya no veía las noticias, ya no perdía el tiempo tocando la guitarra o dibujando: al volver de la universidad de inmediato prendía el computador y se ponía a trabajar o a explorar las posibilidades de la máquina. Pronto descubrió programas muy sencillos que permitían resultados para él asombrosos, como la grabación de voces, mediante un escuálido micrófono que compró en la casa Royal, o la reproducción aleatoria de canciones –miraba con orgullo la carpeta Mi música, donde ahora estaban los veinticuatro discos compactos que tenía en casa. Mientras escuchaba esas canciones, admirado de que una balada de Roberto Carlos diera paso a los Sex Pistols, seguía con sus poemas, que nunca consideraba terminados. A veces, a falta de una estufa, Max evadía el frío acariciando, de rodillas, la CPU, cuyo leve rugido se juntaba con la ronquera del refrigerador, y con las voces y bocinas que llegaban desde afuera. No le interesaba Internet, desconfiaba de Internet, y aunque en casa de su madre un amigo le había creado una cuenta de correo, él se negaba a conectar el computador y también a insertar esos diskettes tan peligrosos, eventuales portadores de virus que, según decían, podían arruinarlo todo.

Las pocas mujeres que durante esos meses visitaron el departamento se iban antes del amanecer, sin siquiera ducharse o tomar desayuno, y no regresaban. Pero al comienzo del verano hubo una que sí se quedó a dormir y luego también a desayunar: Claudia. Una mañana, al salir de la ducha, Claudia se detuvo frente a la pantalla apagada, como buscando arrugas incipientes u otras marcas o manchas esquivas. Su cara era morena, los labios más delgados que gruesos, el cuello largo, los pómulos salidos, los ojos achinados, verde oscuro, el pelo le llegaba hasta los hombros mojados: las puntas parecían numerosos alfileres clavados en los huesos. Su cuerpo cabía dos veces en la toalla que ella misma había llevado a casa de Max. Semanas más tarde Claudia llevó también un espejo para el baño, pero igual siguió mirándose en la pantalla, a pesar de lo difícil que era encontrar, en la opacidad del reflejo, algo más que los contornos de su cara.

Después de tirar, Max solía quedarse dormido, mientras que Claudia iba al computador y jugaba veloces solitarios, cautelosos buscaminas o partidas de ajedrez en nivel intermedio. A veces él despertaba y se quedaba a su lado, aconsejando la jugada siguiente o acariciándole el pelo y la espalda. Con la mano derecha Claudia atenazaba el mouse, como si fueran a quitárselo, como si fuera la cartera que alguien quisiera arrebatarle, pero aunque apretaba los dientes y abría los ojos exageradamente, cada tanto dejaba caer una risita nerviosa que autorizaba, que pedía más caricias. Tal vez jugaba mejor cuando él la acompañaba. Al terminar la partida se sentaba encima de Max para empezar un polvo lento y largo. El protector de pantalla caía en líneas inconstantes en los hombros, en la espalda, en las nalgas, en los suaves muslos de Claudia.

Tomaban el café en la cama, pero a veces hacían sitio en la mesa para –decía ella– desayunar como Dios manda. Max desenchufaba el teclado y el monitor y los dejaba en el suelo, expuestos a los pisotones y al impacto de minúsculos restos de pan, pero cada tanto Claudia limpiaba el computador con líquido para vidrios y paños de cocina. El comportamiento de la máquina era, a todo esto, ejemplar: durante todo ese tiempo Windows siempre se inició correctamente.

El 30 de diciembre de 2001, a casi dos años de su adquisición, el computador fue trasladado a un departamento un poco más grande en la comuna de Ñuñoa. El entorno era ahora bastante más favorable: le asignaron un cuarto propio, y armaron, con una puerta vieja y dos caballetes, un escritorio. De los solitarios y las interminables partidas de ajedrez, Claudia derivó a actividades más sofisticadas –conectó una cámara digital, por ejemplo, que contenía decenas de fotos de un viaje reciente, que si bien no podía considerarse propiamente una luna de miel, porque Max y Claudia no estaban casados, había cumplido esa función. En esas imágenes ella posaba con el mar de fondo, o en el interior de una habitación de madera con sombreros mexicanos, crucifijos inmensos y conchas que hacían las veces de ceniceros. Claudia salía seria o conteniendo apenas la risa, desnuda o con poca ropa, fumando hierba, bebiendo, tapándose los pechos o enseñándolos con malicia («tu cara irresistible de caliente», escribió él una tarde de sexo y endecasílabos). Había también algunas fotos que mostraban únicamente el roquerío o el oleaje o el sol apagándose en el horizonte, como postales o imitaciones de postales. Sólo en dos fotos aparecía Max y sólo en una salían ambos, abrazados, sonriendo con el típico fondo de un restorán costero. Claudia pasó días ordenando esas imágenes –renombraba los archivos con frases tal vez demasiado largas, que solían terminar en signos de exclamación o puntos suspensivos, y enseguida las distribuía en varias carpetas, como si correspondieran a viajes distintos, pero luego volvía a ponerlas todas juntas, pensando en que dentro de algunos años habría muchas otras carpetas, cincuenta, cien carpetas para las fotos de cien viajes futuros, pues deseaba una vida llena de viajes y fotografías. También pasaba horas intentando superar el nivel cinco de un juego de La Pantera Rosa que venía de regalo con el detergente. Cuando se desesperaba, Max trataba de ayudarla, aunque siempre había sido pésimo con los videojuegos. Al verlos tan concentrados y tensos ante la pantalla, se tenía la impresión de que resolvían arduos problemas urgentes, de los que dependía el futuro de la patria o del mundo.

No siempre coincidían, porque ahora Max tenía un trabajo nocturno –había perdido el concurso de ayudantía, o más bien lo había ganado la nueva polola del catedrático («tú sabes cómo son estas cosas»)–, y Claudia vendía seguros y también estudiaba una especie de postítulo o posgrado o diplomado o quizás el último año de alguna eterna licenciatura. A veces pasaban uno o dos días sin verse –Claudia lo llamaba al trabajo y hablaban largo, pues el trabajo de Max consistía, justamente, en hablar por teléfono, o en esperar remotas llamadas telefónicas que nunca llegaban. Parece que tu verdadero trabajo es hablar por teléfono conmigo, le dijo Claudia una noche, con el auricular resbalando en el hombro derecho. Luego rió con una especie de resuello, como si quisiera toser y la tos no saliera o se entrelazara con la risa.

Al igual que Max, ella prefería escribir a mano y luego traspasar sus trabajos al computador. Eran documentos largos, con frecuentes errores de transcripción y tipografías juveniles. Los documentos abarcaban temas relacionados con gestión cultural o políticas públicas o bosques nativos o algo así. Se le hizo necesario investigar por Internet, y ese fue el gran cambio de aquel tiempo, que provocó la primera gran discusión de la pareja, porque Max seguía negándose a dar ese paso, definitivamente no quería saber nada de páginas web ni de antivirus, pero tuvo que ceder. Después hubo una segunda discusión furibunda, una noche en que Max llamó insistentemente durante horas pero la línea estaba ocupada. Compraron un celular, pero era carísimo sostener esas conversaciones, por lo que tuvieron que conseguir una segunda línea telefónica de conexión exclusiva.

Hasta ahí ninguno de los dos se había familiarizado con el email, al que más temprano que tarde se hicieron adictos, pero la mayor adicción que Max contrajo, que sería perdurable, fue a la pornografía, lo que provocó la tercera gran discusión de la pareja, pero también varios experimentos, como las para Claudia desconcertantes eyaculaciones en la cara o esa obsesión tenaz por el sexo anal, que al principio causó discusiones áridas pero a la postre provechosas sobre los posibles límites del placer.

Fue por entonces cuando perdieron la vocal *a* y la consonante *t*. Claudia debía entregar un trabajo con urgencia, de manera que trató de prescindir de esas letras, y Max, que alguna vez había intentado poemas de vanguardia, quiso ayudarla, pero no resultó. Al día siguiente consiguieron un teclado bastante bueno, de color negro, con unos coquetos botones multimedia rosados que entre otras funciones permitían reproducir o detener la música instantáneamente, sin necesidad de recurrir al mouse.

Desde hacía meses, sin embargo, había señales de un desastre mayor, decenas de demoras inexplicables, algunas breves y reversibles, otras tan prolongadas que había que resignarse a reiniciar el sistema. Ocurrió un lluvioso sábado que deberían haber pasado tranquilos, viendo tele y comiendo sopaipillas, en el peor de los casos moviendo las palanganas y las ollas de gotera en gotera, pero tuvieron que dedicar el día entero a reparar o intentar reparar, con más voluntad que método, el computador.

El domingo Max llamó a un amigo que estudiaba ingeniería. Al finalizar la tarde dos botellas de pisco y cinco latas de Coca-Cola dominaban el escritorio, pero todavía nadie estaba borracho, más bien parecían frustrados por la difícil reparación, que el amigo de Max atribuía a algo muy raro, algo nunca antes visto. Pero quizás sí estaban borrachos, o al menos lo estaba el amigo de Max, porque de pronto, en una desgraciada maniobra, borró el disco. Perdieron todo, pero desde ahora funcionará mejor, dijo el amigo como si nada, con una frialdad y una valentía dignas de un médico que acaba de amputar una pierna. Fue culpa tuya, imbécil, le respondió Claudia, como si en efecto le hubieran cortado, por pura negligencia, una pierna o tal vez las dos. Max guardó silencio y la abrazó protectoramente. El amigo dio un último y exagerado sorbo a su piscola, alcanzó a agarrar unos cubitos de queso gauda, y se fue.

A Claudia le costó asimilar la pérdida, pero consiguió un técnico de verdad, que cambió el sistema operativo y creó perfiles diferenciados para ambos usuarios, e incluso una cuenta simbólica, a petición de Claudia, para Sebastián, el postergado hijo de Max. Es verdad, debió ser antes, tuvieron que pasar como dos mil palabras para que saliera al baile, pero es que Max olvidaba con frecuencia la existencia del niño: en esos últimos años lo había visto apenas una vez y sólo dos días. Claudia ni siquiera lo conocía, porque Sebastián vivía en Temuco. A ella le costaba entender la situación, que se había convertido, naturalmente, en el punto negro o en el punto ciego de su relación con Max. Era mejor no tocar el tema, que igual surgía de vez en cuando, en discusiones feroces que terminaban con los dos llorando, y de los dos quien lloraba más era él —lloraba con rabia, con resentimiento, con vergüenza, y luego su rostro se endurecía, como si las lágrimas se hubieran sedimentado en su piel; es una metáfora común pero en efecto, después del llanto, su piel lucía más densa y oscura.

No todo era así de terrible. Cuando, con un dinero que le dieron sus padres, Claudia compró una asombrosa multifuncional –que imprimía, escaneaba y hasta sacaba fotocopias– ella se abocó, apasionadamente, a digitalizar extensos álbumes familiares, en sesiones bastante tediosas pero para ella divertidísimas, pues más que registrar el pasado se proponía modificarlo: distorsionaba los rostros de parientes antipáticos, borraba a algunos personajes secundarios e incluía a otros inverosímiles convidados, como Jim Jarmusch en su fiesta de cumpleaños, o Leonard Cohen junto a Claudia haciendo la primera comunión, o un viaje a San Pedro de Atacama con sus amigos Sinead O'Connor, Carlos Cabezas y el diputado Fulvio Rossi –los montajes no eran muy buenos, pero arrancaban las risas de amigas y primas.

Así pasó un año más.

Ahora Max tenía turnos de mañana, por lo que en teoría estaban más tiempo juntos, pero buena parte de ese tiempo lo perdían disputándose el computador. Él reclamaba que ya no podía escribir cuando le venía la inspiración, lo que era falso, porque para sus perpetuos borradores de poemas seguía usando los viejos cuadernos, pues seguía sintiendo que al transcribirlos se estropeaban, se perdían. Había adoptado la costumbre, en cambio, de escribir eternos emails a gente a la que no veía desde hacía años y ahora extrañaba o creía extrañar. Algunas de esas personas vivían cerca o no demasiado lejos y Max también tenía sus números de teléfono, pero prefería escribirles cartas –eran cartas más que emails, aún no comprendía la diferencia: escribía textos melancólicos, tremendistas, memoriosos, esa clase de mensajes cuya respuesta se posterga indefinidamente, aunque a veces recibía respuestas igual de elaboradas, contaminadas también por una nostalgia frívola y quejumbrosa.

Llegó el verano y también llegó Sebastián, tras meses de delicadas gestiones. Fueron ambos a buscarlo a Temuco, en bus, nueve horas de ida, casi diez de vuelta. El niño acababa de cumplir ocho años, la leve y prematura sombra de un bigote le daba un aspecto cómico de adulto. Los primeros días Sebastián hablaba poco, en especial si quien le dirigía la palabra era su padre. De los intensos paseos al zoológico, a Fantasilandia y a la piscina, derivaron a las calurosas tardes puertas adentro, y quizás lo pasaban mejor encerrados que con los panoramas supuestamente divertidos. Seba aprovechaba su perfil de usuario para estar en Messenger sin restricciones, en interminables chats con sus amigos temucanos. Rápidamente demostró sus conocimientos sobre computadores, que no eran sorprendentes, era un niño que, como tantos, se había familiarizado desde muy chico con los computadores, pero a Claudia y Max los impresionaba tanta destreza. Con precisión y algo de tedio el niño los orientó en la elección de un nuevo antivirus y hasta les advirtió sobre la necesidad de desfragmentar el disco periódicamente. En cuanto al juego de la Pantera Rosa, ni falta que hace decirlo: lo dio vuelta con una rapidez alucinante, muchas veces, y quizás esas dos o tres tardes enteras que Sebastián pasó enseñándole a Claudia y a su padre los trucos y la lógica de ese juego para él tan básico, tan aburrido, fueron los momentos más gloriosos y plenos de esas vacaciones. Nunca había estado, eso es seguro, tan cerca de su padre, y con Claudia se hicieron, por así decirlo, amigos. A ella le parecía un niño valioso, decía. Y Sebastián opinaba que Claudia era linda.

Fueron todos juntos de vuelta a Temuco. El viaje fue alegre, con promesas de reencuentro y regalos. Pero el trayecto de vuelta se hizo sombrío y agotador, el exacto preludio de lo que venía. Porque casi enseguida, quizás en el mismo momento en que abrieron la puerta del departamento, la vida entró en un marasmo irresoluble. Quizás molesto por las conclusiones y consejos que Claudia deslizaba («lo recuperaste pero ahora debes conservarlo», «volverás a perderlo si no cuidas el vínculo», «la mamá del Seba es una buena mujer») o tal vez simplemente aburrido de ella, Max se ensimismó, se abrumó. No disimulaba su molestia, pero tampoco explicaba su estado de ánimo, y las continuas preguntas de Claudia las ignoraba o las respondía con desgano o con monosílabos.

Una noche llegó borracho y se durmió sin siquiera saludarla. Ella no sabía qué hacer. Fue a la cama, lo abrazó, intentó dormir a su lado, pero no pudo. Prendió el computador, deambuló por Internet y estuvo unas dos horas jugando Pac Man con las flechas del teclado. Después pidió un taxi y fue a la botillería a comprar vino blanco y cigarros mentolados. Bebió la mitad de la botella en la mesita del living, mirando las grietas del piso flotante, las paredes blancas, las ínfimas pero numerosas huellas de los dedos en los interruptores –mis dedos, pensó, más los dedos de Max, más los dedos de todas las personas que alguna vez encendieron las luces de este departamento. Después volvió al computador, eligió el perfil de Max, y como había hecho tantas veces probó las claves obvias, en mayúsculas, en minúsculas –*charlesbaudelaire*, *nicanorparra*, *anthrax*, *losprisioneros*, *starwars*, *sigridalegria*, *blancalewin*, *mataderocinco*, *laetitiacasta*, *juancarlosonetti*, *monicabellucci*, *laconjuradelosnecios*. Fumó con ansiedad un cigarro, cinco cigarros, mientras sintonizaba una angustia nueva, que crecía y decrecía a un ritmo impreciso. Pensó demasiado una jugada también obvia, que por modestia o falta de autoestima nunca había intentado, y al fin acertó: escribió *claudiatoro* y el sistema respondió al instante. El programa de correo estaba abierto, no necesitaba contraseña. Se detuvo, se sirvió más vino, estuvo a punto de desistir, pero ya estaba ahí, ante la temida bandeja de entrada y ante el aún más temido registro de mensajes enviados. No había vuelta atrás.

Leyó sin orden mensajes en el fondo inocentes, pero que le dolían –tantas veces la palabra *querida,* tantos abrazos («un abrazo inmenso», «dos abrazos», y otras fórmulas quizás más originales, como «tu abrazo», «mi abrazo», «te abrazo», «te abraza»), tanta apelación al pasado, y esa vaguedad sospechosa cuando debía hablar del presente, del futuro. También comparecían los coqueteos fugaces o feroces que hay en las cuentas de correo de todo el mundo, de ella misma, pero también cinco cadenas de mensajes que más explícitamente hablaban de encuentros con mujeres para ella desconocidas. Pero lo que más le dolía era su propia invisibilidad, porque él nunca la mencionaba, o en los mensajes que ella leyó nunca la mencionaba, salvo en uno, dirigido a un amigo, en que confesaba que la relación estaba mal, y literalmente decía que ya no le interesaba tirar con ella, que terminarían en cualquier momento.

Cerró el correo, se fue a dormir de madrugada, más ebria de rabia que de vino. Despertó a media tarde, estaba sola: con poca energía caminó hasta el computador –hasta la pieza de al lado, pero ella sintió que había todo un camino, que debía sortear varios obstáculos para llegar a esa pieza– y en lugar de encenderlo contempló el resplandor del sol en la pantalla. Cerró las persianas, deseando la oscuridad absoluta mientras soltaba lágrimas que bajaban hasta el cuello y se perdían por el surco entre sus pechos. Se quitó la polera, miró sus pezones inquietos, el vientre parejo y suave, las rodillas, los dedos fijos en el suelo helado. Después limpió o más bien ensució la pantalla con las manos mojadas por las lágrimas. Pasó los dedos y los nudillos con rabia por la superficie, como si la fregara con un paño. Luego encendió el computador, escribió una nota breve en un archivo de Word, y empezó a hacer la maleta.

Volvió el domingo siguiente para recoger algunos libros y la multifuncional. Max estaba en calzoncillos, frente al computador, escribiendo un mail larguísimo donde le hablaba a Claudia sobre mil cosas y le pedía perdón, pero de una forma elíptica, con frases que más bien dejaban ver su desconcierto o su mediocridad. Había sobre el escritorio un montón de borradores de la carta, siete u ocho hojas tamaño oficio, y mientras él decía que era injusto, que no había alcanzado a terminar su carta, que estaba llena de errores, que a él le costaba decir las cosas con claridad, Claudia leía las diversas versiones de ese mensaje no enviado, y reparaba en cómo una frase rotunda en el borrador siguiente era ambigua, cómo cambiaban los adjetivos, cómo Max había cortado y pegado algunas frases, buscando efectos que a Claudia le parecían sórdidos, cómo se había divertido variando el interlineado, el tamaño de la letra, el espacio entre los caracteres, quizás creyendo que Claudia iba a perdonarlo si el mensaje se veía más largo –pensaba en eso cuando él la zamarreó, la tomó de las muñecas, sabiendo cuánto ella odiaba que la tomaran de las muñecas: en el forcejeo le pegó en los pechos y ella respondió con cuatro cachetadas, pero él reaccionó, la doblegó, se lo metió a la fuerza por el culo, con una violencia que nunca había demostrado. Claudia arrancó el teclado e intentó defenderse sin éxito. Después, dos minutos después, Max eyaculó un semen escaso, y ella pudo volverse y mirarlo fijamente, como insinuando una tregua, pero en vez de abrazarlo le pegó un rodillazo en los cocos. Mientras Max se retorcía de dolor ella desconectó la multifuncional y pidió el taxi que la llevaría lejos de esa casa para siempre.

Max sintió un alivio inmenso pero efímero. El alivio de ella tardó, pero fue definitivo, pues cuando tres meses después se juntaron en las escaleras de la Biblioteca Nacional, y él le rogó, sin el menor sentido del decoro, completamente entregado, que volvieran, no hubo caso.

Regresó a casa triste y furioso, encendió, por costumbre, el computador, que desde hacía unos días había vuelto a fallar, y esta vez era definitivo, o al menos eso fue lo que Max pensó —voy a regalarlo, no me importa lo que haya dentro, le dijo a su amigo ingeniero, al día siguiente, que le ofreció comprarlo por una cifra ridícula. Ni cagando, respondió Max. Voy a dárselo a mi hijo. El amigo reformateó de mala gana el disco duro.

Ese viernes por la noche, Max partió rumbo a Temuco. No tuvo tiempo para embalar el computador, así que se echó el mouse y el micrófono en los bolsillos, puso la CPU y el teclado bajo el asiento, y viajó las nueve horas con la pesada pantalla sobre las piernas. Las luces de la carretera se quedaban en su rostro, como llamándolo, como invitándolo, como culpándolo de algo, de todo.

Max no se orientaba en Temuco y no había anotado la dirección. Merodearon un rato hasta dar con un camino que creía recordar. Llegó a las diez de la mañana, en calidad de zombi. Al verlo Sebastián le preguntó por Claudia, como si la sorpresa no fuera la insólita presencia de su padre sino la ausencia de la novia de su padre. No pudo venir, respondió Max, ensayando un abrazo que no sabía cómo dar. ¿Terminaron? No, no terminamos. No pudo venir, eso es todo: la gente grande trabaja.

El niño agradeció el regalo con suma cortesía, su madre recibió a Max amablemente y le dijo que podía quedarse en el sofá. Pero no quería quedarse. Probó un poco del amargo mate que la mujer le ofrecía, devoró una empanada de queso y partió al terminal para alcanzar el bus de las doce y treinta. Estoy muy ocupado, tengo un montón de trabajo, dijo antes de subir al mismo taxi que lo había traído. Revolvió el pelo de Sebastián con brusquedad y le dio un beso en la frente.

Una vez solo, Sebastián instaló el computador y comprobó lo que ya sospechaba: que era notablemente inferior, desde todo punto de vista, al que ya tenía. Se rieron mucho con el marido de su madre, después de almuerzo. Luego ambos hicieron espacio en el sótano para guardar el computador, que sigue ahí desde entonces, a la espera, como se dice, de tiempos mejores.

VERDADERO O FALSO

para Alejandra Costamagna

Traje al gato para que tengas algo aquí, dijo Daniel, re-
pitiendo la frase del sicólogo, y Lucas mostró un entusiasmo que parecía nuevo, inesperado. En casa de su madre
—«mi verdadera casa», decía el niño— había un antejardín
donde un gato o un perro chico vivirían felices, pero Maru
era, en este punto, inflexible: un perro no, un gato no.
Desde ahora, semana por medio, el niño pasaría un par de
días con el gato. Lo llamaron Pedro y luego, cuando descu-
brieron que en realidad era gata y estaba preñada, Pedra.

Lo de verdadero o falso venía del colegio, eran los úni-
cos ejercicios que le gustaban, que se le daban bien, y estaba empeñado en aplicar esas categorías a todo, caprichosa-
mente: la casa de Maru era su casa verdadera, pero por
algún motivo juzgaba que el living de esa misma casa era
falso —y los sillones del living eran verdaderos, pero la
puerta y todas las lámparas eran falsas. Sólo algunos de sus
juguetes eran verdaderos pero no siempre los prefería,
porque la falsedad no significaba menosprecio: los pocos
días que pasaba con su padre, por ejemplo, en la casa falsa,
consistían en una contundente maratón de nintendo, pizza y papas fritas.

A veces era silencioso, tranquilo, un poco ausente: parecía sumido en pensamientos incomunicables. Pero otras veces no paraba de hacer preguntas, y aunque, a sus nueve años, Lucas empezaba a acercarse bastante a lo que se esperaba de él –que fuera, simplemente, un niño normal–, su padre no estaba conforme, no sabía tratarlo. Daniel era a todas luces un hombre normal, porque se había casado, había tenido un hijo, había vivido y aguantado unos años en familia, y después, como hacen todos los hombres normales, se había separado. También era normal que especulara, de vez en cuando, con la pensión alimenticia, que se atrasara con el depósito, por pura distracción, ya que no tenía problemas económicos.

Daniel vivía en el piso once de un edificio en que no estaban permitidas las mascotas, pero Pedra era discreta: pasaba las horas lamiendo sus relucientes patas negras y mirando la calle desde ese balcón un poco sucio. De momento no necesitaba más que su taza de agua y un puñado de pellet, que comía sin avidez tras mirar el recipiente unos minutos, como decidiendo si realmente valía la pena alimentarse. A Daniel nunca le gustaron los gatos, había tenido algunos durante la infancia, pero eran más bien de sus hermanos. Y sin embargo estaba dispuesto a hacer el esfuerzo –un gato es buena compañía, pensaba, confiando en la imagen abstracta de un hombre solo, aunque él no era exactamente un hombre solo, o sí lo era, pero no creía que la soledad fuera inconveniente. Demasiada compañía había tenido durante los años de su matrimonio: dejó a su mujer por eso, pensaba, por una necesidad de silencio. Me separé de mi mujer por motivos de silencio, diría Daniel, con coquetería, si le preguntaran ahora, pero ya nadie le pregunta por qué terminó su matrimonio, y en todo caso la respuesta no sería verdadera, ni falsa: necesitaba silencio, pero también quería salvarse, intentaba salvarse, o quizás protegerse de una vida que nunca había deseado.

Quizás sí quiso, alguna vez, ser padre, pero era un deseo ingenuo, peregrino. Los años que vivieron juntos («como una familia») tuvo que ser padre en demasía. Todo tenía significado, cada gesto, cada frase llevaba a alguna conclusión o enseñanza, y también el silencio, claro que sí: había que ser tan cuidadoso con las palabras, tan invariablemente cauto, tan tristemente pedagógico: había que comportarse como un filtro, como una cosa, como un muerto. Podía ser mejor padre a la distancia, pensaba, y en ese pensamiento no latía, ni siquiera se asomaba, la derrota.

Su plan era decirle al niño que los gatos habían muerto al nacer. Iba a ahogarlos sin meditarlo mucho, como había escuchado que se hacía: arrojarlos a la taza del baño, tirar la cadena, y olvidar de inmediato esa agria escena secundaria. Pero tuvo la mala suerte de que nacieran justo un día en que el niño estaba en casa.

No podemos quedárnoslos, Lucas, le dijo esa tarde.

Claro que podemos, respondió el niño. Daniel miró a su hijo: pensó que se parecían o que se parecerían en el futuro, las barbillas ligeramente partidas, el mismo pelo rizado y negro. Lo ayudó a ponerse una faja que el médico le había prescrito para corregir la escoliosis. También usaba frenillos y unos anteojos que hacían ver aún más grandes sus ojos oscuros e incluso más largas sus pestañas.

¿Tienes tarea?, le preguntó.

Sí.

¿Quieres hacerla?

No.

Lo que hicieron, en cambio, fue ofrecer los gatos por teléfono y redactar un mail que Daniel mandó a todos sus contactos. Cuando dejó a Lucas en la casa verdadera, se enfrascó en una áspera discusión en que intentaba convencer a su ex esposa de que, debido a alguna cláusula imprecisable, era ella quien debía hacerse cargo de las crías.

A veces me olvido de cómo eres, le dijo Maru.
¿Y cómo soy?
Maru se quedó callada.

Durante las semanas siguientes, los gatos abrieron los ojos y comenzaron a arrastrarse penosamente por el living. Eran cinco: dos negros, dos grises y uno casi enteramente blanco. Para no repetir el error de Pedro, de Pedra, Lucas decidió no ponerles nombres. Ahora lo único que quería era ir con mayor frecuencia a la casa de su padre. Para Daniel era un triunfo, pero un triunfo incómodo.

Un jueves, de improviso, a las siete de la tarde, Lucas llegó, por primera vez, sin avisar. Cinco minutos después apareció Maru, jadeando tras subir los once pisos por la escalera. Odiaba los ascensores, odiaba que Daniel viviera en un piso once, y no sólo por la seguridad del niño o por su propia fobia, sino porque recordaba, con insistencia, la remota noche en que Daniel le había prometido que no habría ascensores, que siempre vivirían, como se dice, con los pies sobre la tierra.

Maru se disculpó por la visita, andábamos por aquí, dijo, lo que era completamente inverosímil, pues vivían en el otro extremo de la ciudad.

Por un momento creí que el niño venía solo, dijo Daniel.

¿Cómo solo?
Solo.
¿Estás loco?
No.

Daniel puso el pan a tostar y preparó un café que tomaron en silencio mientras el niño repartía nacionalidades: el gato blanco o casi blanco era argentino, los gatos negros eran brasileños y los gatos grises eran chilenos.

Gracias a los mails colectivos, Daniel retomó el contacto con una ex compañera de la universidad que una noche llegó con la excusa de adoptar un gato. Al primer combinado se acostaron y estuvo bien o más o menos bien, como dijo ella, a la mañana siguiente –«igual me gustó», agregó con ligereza, pero Daniel pensó que era un comentario agresivo. Es muy raro lo que te pasó, dijo ella después, que tenía la costumbre de cambiar de tema cada vez que encendía un cigarro: es rarísimo lo que te pasó, lo normal es que a los gatos los tomen por gatas y no al revés.
¿Cómo?
Eso, lo normal es que no les vean bien el pico. Tú le viste a Pedra un pico donde no lo había, dijo la mujer, que no alcanzó a celebrar su chiste cuando ya tenía otro: ella se llama Pedra y tú te llamas Padre.

Daniel rió a destiempo, irritado. ¿Por qué dices *pico?*, le preguntó después.
¿No puedo decirlo?
Las mujeres no dicen *pico*.
Pero lo que me metiste anoche se llama *pico*, dijo ella. Y lo que Pedra no tiene se llama *pico*.

A Daniel le pareció una vulgaridad impostada. Antes de irse la mujer aseguró que más tarde pasaría por el gato, por lo que, en un arranque de optimismo, Daniel creyó que la escena se repetiría una y otra vez: cada tarde su amiga vendría por un gato y se marcharía de madrugada. Pero no fue así, para nada. Nunca regresó, ni llamó, ni escribió.

Alguien echó a correr el rumor de que en el edificio había gatos, por lo que Daniel tuvo que sobornar a los conserjes con una botella de pisco y unas oportunas cajas, a manera de broma, de Gato Negro. Después gastó varios whiskies neutralizando a los vecinos del fondo, un dramaturgo catalán y su esposa. El país nos gusta y el barrio es muy limpio, dijeron los dos casi al unísono, como si compitieran en uno de esos concursos que miden la armonía matrimonial, mientras Pedra olía a los invitados y los gatos chicos dormitaban apilados en una caja de zapatos. Habían venido a Chile para estar cerca de su hija, dijo el dramaturgo, que acababa de ser madre, la mujer pasaba mucho tiempo con la nieta, él solía quedarse en casa, necesitaba un poco de soledad e inspiración, explicó.

Soledad e inspiración, pensó Daniel en la cama. Él ya tenía soledad y nunca había necesitado inspiración, pero al escuchar al dramaturgo pensó que quizás era eso, justamente, lo que le hacía falta: inspiración. Su trabajo, sin embargo, era muy simple, casi mecánico: un abogado no necesita inspiración, sino paciencia para aguantar a sus jefes y sin duda inteligencia y sutileza para aserrucharles el piso, y acaso también imaginación, pero nada más que imaginación práctica, se dijo, como resolviendo para siempre un problema gigantesco.

Yo sólo busco inspiración cuando me corro la paja, pensó más tarde, desvelado, evocando la felicidad de una mesa repleta de buenos amigos que celebrarían esa frase, y enseguida empezó a masturbarse inspirándose, primero, en la esposa del dramaturgo, en especial en sus piernas, y después en la amiga esa que nunca regresó, y finalmente en Maru, que le seguía pareciendo atractiva, aunque la imagen se remitía a la juventud, a los primeros años tirando en moteles, y sobre todo a un viaje de vuelta por la ruta 78, cuando manejó unos veinte kilómetros con ella agazapada, chupándoselo. Se centró en ese recuerdo y procedió con prisa, con desasosiego, con avidez, pero el semen no salía –y no salió. Le costó convencerse de que debía dormirse sin más, con la erección encima y medio borracho todavía.

Al día siguiente le correspondía traer a Lucas pero despertó tarde y llamó pretextando dolor de cabeza. Iría a buscarlo a las cinco, le prometió. También le prometió que prepararían sushi, aprendí a hacer sushi, le dijo, y era mentira pero a Daniel le gustaba lanzar, como si nada, esas mentiras, para obligarse a transformarlas en realidad. Después de diez minutos en Internet ya sabía qué comprar en el supermercado. Regresó, además, con un paquete grande de Whiskas, mucha leche y botellas de Bilz, Pap y Kem piña, pues nunca conseguía recordar cuál de esas tres era la bebida preferida de su hijo.

A estos gatos les hace falta un padre, le dijo Lucas esa noche, mientras luchaba contra un desastroso *roll*.

Los gatos no tienen padre, respondió Daniel, vacilante. Cuando están en celo las gatas se meten con cualquiera, los gatitos no siempre son hermanos entre sí.

¿Cómo?

Eso, que no son hermanos necesariamente. Son medio

hermanos, por eso tienen distintos colores. Lo más probable es que la Pedra se haya metido con tres gatos: uno gris, uno blanco y uno negro como ella.

No me importa, dijo Lucas, que daba muestras de haber pensado en el asunto. No me importa, creo que de todas maneras a estos gatos les hace falta un padre.

Ya son muchos gatos, Lucas, y además ellos se comportan de forma distinta a los humanos. Los gatos padres se olvidan de sus hijos, dijo Daniel, temiendo por un segundo una respuesta ácida que no llegó. Incluso las madres, siguió, cauteloso. En un tiempo más es probable que la Pedra no reconozca a sus hijos.

Eso sí que no lo creo, dijo el niño, con ojos de asombro. Es imposible.

Ya verás. Ahora los busca, los lleva en el hocico, los junta, maúlla desesperada cuando no los encuentra. Pero pronto los olvidará. Así son los animales.

Parece que sabes mucho de animales, dijo Lucas, en un tono que Daniel no supo si era irónico o cándido.

Es que tus tíos tenían gatos.

Pero tú vivías en la misma casa.

Sí, pero no eran míos.

Estaban en la pieza, mirando un lentísimo partido de fútbol mexicano, a punto de dormir. Daniel fue a la cocina a buscar un vaso de agua y se quedó unos minutos mirando a Pedra, que parecía entregada o resignada a las escaramuzas de los gatos en sus tetillas. Volvió a la pieza, el niño había cerrado los ojos y murmuraba una especie de letanía —pensó que tenía una pesadilla y lo zamarreó levemente, despertándolo o creyendo despertarlo.

No estaba dormido, papá, estaba rezando.

¿Rezando? ¿Y desde cuándo rezas?

Desde el lunes. El lunes me enseñaron a rezar.
¿Quién?
Mi mamá.
¿Y desde cuándo ella reza?
Ella no reza. Pero me enseñó a rezar y a mí me gusta.

Durmieron, como siempre, juntos. Aquella noche tembló y centenares de perros aullaron lastimeramente, pero Daniel y Lucas no despertaron. Aquella noche sonó, a lo lejos, el estruendo de un choque, y los ecos más cercanos de los vecinos que discutían o conversaban o tal vez ensayaban un parlamento en que dos personas discutían o conversaban. Pero durmieron bien, desayunaron aún mejor, pasaron la mañana jugando Double Dragon.

Estoy seguro de que los hijos de Pedra son verdaderos, le dijo Lucas a su padre después, en el parque.
Sin duda son verdaderos, son completamente verdaderos, de eso debes estar seguro. Una amiga me dijo, hace poco, que había sido extraña nuestra confusión. Lo normal, según mi amiga, es confundir a las gatas con gatos, no a los gatos con gatas.
No entiendo, dijo el niño.
Yo tampoco entiendo mucho, es enredado. Olvídalo.
¿A tu amiga?
Sí, a mi amiga, dijo Daniel, fastidiado.

Daniel invitó a los catalanes a tomar el café. Tenéis un país maravilloso, dijo la esposa del dramaturgo, mirando al niño. Lucas piensa que Santiago es falso, les dijo Daniel a sus invitados. No, gritó el niño, Chile es falso, Santiago es verdadero. ¿Y Barcelona?, preguntaron. Lucas se encogió de hombros y empezó a jugar con unos papeles en el suelo, como uno más de los gatos: estaba en shorts, sus piernas llenas de arañazos, al igual que los brazos y la mejilla derecha.

Es increíble el proceso chileno, dijo después el dramaturgo, en el tono de una reflexión o de una pregunta.

¿No os molesta que Pinochet conserve todavía tanto poder, no teméis que vuelva la dictadura?

Pensé que creías que Chile era un lugar tranquilo, respondió Daniel.

Eso es lo que me inquieta de vuestro proceso, dijo el dramaturgo, sentencioso: esta tranquilidad tan grande, tan civilizada. Después hilvanó todo un discurso con palabras que a Daniel le hicieron recordar unos papers que alguna vez tuvo que leer, en esos tediosos cursos electivos en la universidad: globalización, postmodernidad, hegemonía.

Yo voté por Aylwin y por Frei, dijo Daniel, a manera de respuesta, totalmente equivocado de conversación. Cuando por fin los invitados se fueron, le preguntó al niño si los catalanes eran verdaderos o falsos. Eran raros, respondió.

Aquella tarde se perdió el gatito blanco, el argentino. Daniel, Lucas y Pedra lo buscaron sin pausa, durante casi dos horas, pero no apareció. No había manera de que hubiera saltado o salido, por lo que las semanas siguientes Daniel tuvo que desplazarse por la casa con suma cautela. Al llegar del trabajo circulaba sigilosamente por las habitaciones, caminaba siempre descalzo, casi en puntillas, y ponía especial cuidado al sentarse o recostarse. Una mañana, a casi un mes de la desaparición, vio que el gatito blanco dormía apaciblemente junto a su madre. Había regresado no se sabía de dónde y ocupaba su lugar con una naturalidad que a Daniel le molestó. Su hijo se alegró, por teléfono, con la noticia, pero sin la euforia ni los gritos que su padre esperaba. ¿Por qué hablas tan bajo?, le preguntó. No quiero despertarlos, respondió el niño, siempre en un susurro.

¿A quiénes?

A los gatos.

Los gatos no están durmiendo, dijo Daniel, con un poco de rabia. Así que puedes hablar fuerte nomás.

No me mientas, papá, yo sé que están durmiendo.

No es verdad. Y aunque estuvieran durmiendo y gritaras por el teléfono no los despertarías, eso tú lo sabes.

Sí, lo sé. Tengo que cortar.

¿Pasa algo?

Era la primera vez que su hijo le cortaba el teléfono. Llamó al celular de Maru, ella se mostró cordial, mucho más amable que de costumbre. No había nada raro, pensó Daniel, resignado, promediando la conversación. Pero de pronto, como fingiendo un pensamiento casual, Maru le dijo que quizás era mejor que los gatos vivieran con ella.

Pero a ti no te gustan los gatos. Les tienes fobia.

No, no les tengo fobia. Tengo fobia a los ascensores, a las arañas y a las palomas. ¿Cómo se llamaba?

Qué.

La fobia a las palomas.

Colombofobia, respondió Daniel, saturado. Deja de preguntarme huevadas, dime por qué quieres a los gatos si nunca dejaste al niño tener uno.

Ahora sí, es que Lucas me habla mucho de ellos. Me gustaría que vivieran con nosotros. Y luego regalarlos de a poco, quedarnos sólo con Pedra. Ya hablé con algunas amigas que estarían encantadas de tener un gato.

Maru y Daniel discutieron como nunca, o mejor dicho como antes. Un inexplicable giro retórico había invertido las cosas: ni el mejor abogado del mundo –y Daniel no era, ciertamente, el mejor abogado del mundo– podía arrebatarle a Maru el privilegio de decidir sobre la vida de esos gatos. La negociación fue larga y errática, pues a Daniel no le desagradaba la idea, pero odiaba perder. No los quería, realmente, tal vez a Pedra –hizo todo lo posible para quedarse con Pedra, dijo por lo menos diez veces «puedes quedarte con sus hijos, pero Pedra no se mueve de acá», y las diez veces tuvo que soportar argumentos razonables y peligrosos sobre los derechos de las madres. Quédate con la gatita blanca si quieres, dijo Maru, al fin. No sabemos si es gata o gato, dijo Daniel, por el puro placer de rectificarla. Lucas cree que es gata, respondió ella, pero de acuerdo, no es el tema. ¿Quieres o no quieres al gato o gata blanca? Daniel aceptó. El día en que transportaron a los gatos a la casa verdadera el niño estaba feliz.

Daniel aún no decide qué nombre ponerle al gato blanco. Le dice argentino o argentina indistintamente. Cuando se echa en el sillón a leer el diario, el gato se interpone entre la página y los ojos, arañándole el suéter, concentradísimo. He tenido que acostumbrarme a leer de pie, dice, vaso en mano, a sus vecinos, que han venido a despedirse, pronto volverán a Barcelona. Debe haber sido muy difícil para ti perder a los gatitos, dice el dramaturgo. No tanto, responde Daniel. Más difícil debe ser escribir obras de teatro, añade, complaciente, y después les pregunta por qué deben irse, pues cree recordar que se marcharían al año siguiente. La pregunta es, por algún motivo, inapropiada, y el dramaturgo y su mujer fijan la vista en el suelo, acaso en un mismo punto del suelo. Es algo personal, algo familiar, dice la mujer. ¿Y pudiste escribir?, pregunta Daniel, para cambiar de tema. No mucho, dice ella, como si fuera la encargada de responder las preguntas. A Daniel le parece grotesca la escena, o al menos vergonzosa, sobre todo esa expresión resbalosa, problemas familiares, motivos personales. Estaba de buen humor, pero de pronto se pierde en la situación, o se aburre, quiere que se vayan pronto. ¿Y sobre qué querías escribir?, pregunta, sin el menor interés.

No lo sabe. No sabe el tema, dice. Quizás la transición.

¿La transición de qué?

De Chile, de España. Las dos, comparadas.

Daniel imagina rápidamente una o dos aburridas obras de teatro, con actores muy viejos o demasiado jóvenes vociferando como si estuvieran en la feria. Después le pregunta cuántas páginas escribió en Santiago.

Cincuenta, sesenta cuartillas, pero nada de eso servía, responde la mujer.

¿Y cómo sabes que nada de eso servía?

No lo sé, pregúntale a él.

Le estoy preguntando a él. Todas las preguntas que he hecho se las he formulado a él. No sé por qué las contestaste tú.

El dramaturgo sigue apesadumbrado. La mujer le acaricia el pelo, le susurra algo en catalán, y enseguida, sin mirar a Daniel, salen de la casa. Están tristes y ofendidos, pero a Daniel no le importa. Se siente, por algún motivo, furioso. Sigue bebiendo whisky hasta la madrugada, el gato argentino de vez en cuando sube, compasivo, a su regazo. Piensa en su hijo, tiene deseos de llamarlo, pero no lo hace. Piensa juntar dinero para comprar una casa en la playa. Piensa en cambiar algo, lo que sea: pintar las paredes, conseguir unos gramos de coca, dejarse barba, mejorar su inglés, aprender artes marciales. De pronto mira al gato y encuentra un nombre, el nombre preciso para el gato o la gata, un nombre que ya no depende de si es gato o gata, pero inmediatamente, de borracho, lo olvida. ¿Cómo es posible olvidar, con tanta rapidez, un nombre?, piensa. Y ya no piensa nada más, porque se desploma en la alfombra y no despierta sino hasta la tarde siguiente. Descubre, en el despunte de la resaca, que ha faltado al trabajo, que ha desoído diez o quince llamadas telefónicas, que no ha visto en todo el día el correo electrónico. El gato duerme a su lado, ronroneando. Daniel intenta ver si tiene verga o no. No hay nada, dice en voz alta. No tienes pico. Eres gata, le dice, solemnemente. Eres una gata verdadera.

Se levanta, prepara un alka seltzer y lo bebe sin esperar a que la tableta se disuelva del todo. Le duele la cabeza, pero igual pone un disco que encontró hace poco, una selección de viejos valses, tangos y foxtrots que le recuerdan a su abuelo. Mientras se ducha y la gata juega a pillar la sombra en la cortina del baño, él canta, a media voz, con más tristeza que alegría, una letra tonta –«una rubia se quiso matar / por mi amor / es verdad / es verdad / al saberlo después su papá gritó / y del mapa me quiso borrar».

Luego se echa en la cama unos minutos, con la toalla a la cintura, todavía mojado, como hace siempre. Suena el teléfono, es el dramaturgo que quiere disculparse por lo de anoche invitándolo a cenar. En Chile no cenamos, en Chile *comemos*, responde. Y no quiero cenar ni comer. Quiero masturbarme, dice, forzando un imperfecto tono grosero. Pues mastúrbate, hombre, no pasa nada, te esperamos, dice el dramaturgo, en medio de una carcajada. No voy a ir, responde Daniel, con gravedad de melodrama: no estoy solo.

Son las dos de la mañana. La gata duerme sobre el teclado del computador. Daniel se mira en el espejo del baño tal vez buscando rasguños o moretones. Enseguida se acuesta y se masturba sin pensar en nadie, mecánicamente. Esparce el semen sobre la sábana mientras se queda dormido.

LARGA DISTANCIA

Trabajaba por las noches como telefonista, uno de los mejores empleos que he tenido. El sueldo no era bueno pero tampoco miserable, y aunque el lugar parecía inhóspito —una oficina pequeña en la calle Guardia Vieja, cuya única ventana daba a un enorme muro gris—, la verdad es que no pasaba frío en invierno ni calor en verano. Quizás pasaba frío en verano y calor en invierno, pero eso era porque nunca aprendí a manejar el aparato de aire acondicionado.

Hablo de 1998, recién había terminado el Mundial de Francia, y al poco tiempo, cuando llevaba un par de meses en ese trabajo, tomaron preso a Pinochet —el jefe, que era español, puso una foto del juez Garzón en un rincón del escritorio y nosotros le llevábamos flores en agradecimiento. Portillo era un buen jefe, un tipo generoso, lo veía poco, a veces sólo los 29, cuando yo esperaba, con unas ojeras maravillosas, que dieran las nueve para ir a cobrar el cheque. Lo que mejor recuerdo de él es su voz tan aguda, como de adolescente, un tono común entre los hombres chilenos, pero para mí desconcertante en un español. Me llamaba temprano, a las seis o siete de la mañana, para que le hiciera un reporte de lo que había pasado durante la noche, lo que era más bien inútil, porque no pasaba nada, o casi nada: una que otra llamada desde Roma o París, casos sencillos de gente que no estaba realmente enferma pero quería aprovechar el seguro médico que había contratado en Santiago. Mi trabajo era atenderlos, tomarles los datos, corroborar la vigencia de la póliza y ponerlos en contacto con mis pares europeos.

Portillo me permitía leer o escribir e incluso dormitar a condición de que atendiera el teléfono a tiempo. Por eso la llamada de las seis o de las siete, pero cuando andaba de fiesta también telefoneaba antes, un poco borracho. El timbre no debe sonar más de tres veces, me decía, si tardaba en responder. Pero no solía regañarme, al contrario, era amable. A veces me preguntaba qué estaba leyendo. Yo le respondía que Paul Celan, que Emily Dickinson, que Emmanuel Bove, que Humberto Díaz-Casanueva, y él siempre estallaba en una carcajada, como si acabara de escuchar un chiste muy bueno, inesperado.

Una noche, como a las cuatro de la mañana, la voz en el teléfono me pareció falsamente grave, fingida, y pensé que mi jefe intentaba hacerse pasar por alguien. Estoy llamando desde París, decía la voz directamente, lo que aumentó mi sensación de que era una pitanza de Portillo, pues los clientes solían llamar por cobro revertido. Como teníamos confianza, le dije que no jodiera, que estaba muy ocupado leyendo —no entiendo, estoy llamando desde París, ¿es este el número de asistencia en viaje?

Me disculpé y le pedí el número para llamarlo de vuelta. Cuando volvimos a hablar yo me había convertido en el telefonista más amable del planeta, lo que en todo caso no era necesario, porque nunca he sido descortés, y porque el hombre de la voz inverosímil era también inverosímilmente amable, lo que no era habitual en ese trabajo: la mayoría de los clientes exhibía sin pudor su mala educación, su prepotencia, su costumbre de tratar mal a los telefonistas, y de seguro también a los obreros, a los cocineros, a los vendedores y a todo el grupo numeroso de personas supuestamente inferiores.

La voz de Juan Emilio, en cambio, anunciaba una conversación razonable, aunque no sé si razonable es la palabra, porque mientras tomaba sus datos (cincuenta y cinco años, domicilio en Lo Curro, sin enfermedades preexistentes) y corroboraba la póliza (su seguro era el de mayor cobertura disponible en el mercado), algo en su voz me hacía presentir que ese hombre, más que un médico, necesitaba alguien con quien hablar, alguien que lo escuchara.

Me dijo que llevaba cinco meses en Europa, la mayoría del tiempo en París, donde su hija –a quien llamaba la Moño– estudiaba un doctorado y vivía con su marido –el Mati– y los niños. Nada de eso respondía a mis preguntas pero él hablaba con tantas ganas que me era imposible interrumpirlo. Me contó con entusiasmo sobre esos niños que pronunciaban el francés con un acento enternecedoramente correcto y lanzó también varios lugares comunes sobre París. Cuando empezaba a hablarme sobre los inconvenientes que había tenido la Moño para cumplir con sus obligaciones académicas, sobre la complejidad de los programas de doctorado, y sobre el sentido de la paternidad en un mundo como este (un mundo que a veces me parece tan raro, tan distinto, me dijo), me di cuenta de que llevábamos casi cuarenta minutos hablando. Tuve que interrumpirlo y pedirle respetuosamente que me contara el motivo de su llamada. Me dijo que estaba un poco resfriado y había tenido fiebre. Redacté el fax y lo envié a la oficina de París para que coordinaran el caso y empecé el largo proceso de despedirme de Juan Emilio, que se deshacía en disculpas y gentilezas antes de aceptar que la conversación había terminado.

Por entonces yo había conseguido unas pocas horas vespertinas en un Centro de Formación Técnica. El horario calzaba perfectamente, el curso era de ocho a nueve veinte, dos veces por semana, de manera que seguía con el ritmo nocturno, levantándome a mediodía, leyendo mucho, todo bien.

Mi primera clase fue en marzo del año 2000, pocos días después de que Pinochet regresara, como Pedro por su casa, a Chile (lamento estos puntos de referencia, pero son los que me vienen primero a la memoria). Mis alumnos eran todos mayores que yo: tenían al menos treinta años y hasta cincuenta, trabajaban todo el día y pagaban con muchísimo esfuerzo sus carreras de Administración de empresas, Contabilidad, Secretariado o Turismo. Yo debía enseñarles «Técnicas de la expresión escrita» según un programa muy rígido y anticuado, que repasaba temas de redacción, de ortografía y hasta de pronunciación.

Intenté en las primeras clases cumplir lo que se me pedía, pero mis alumnos llegaban muy cansados de sus trabajos y creo que todos en la sala nos aburríamos. Recuerdo la desolación al final de esas primeras jornadas. Recuerdo que, después de la tercera o cuarta clase, caminando por Avenida España, me detuve en un puesto de completos y mientras comía un italiano pensé que debía enfrentar esa sensación de tiempo perdido. A fin de cuentas hablaba sobre el lenguaje y si algo había sido constante en mi vida era el amor a algunas historias, a algunas frases, a unas cuantas palabras. Pero hasta ahora era evidente que no podía comunicar nada –interesante su clase, profe, me dijo una alumna en la entrada del metro, sin embargo, como si el destino quisiera desmentir mis pensamientos. No la había reconocido. Para combatir la timidez yo prefería disertar sin anteojos, por lo que no distinguía los rostros de mis alumnos, y si había que hacer alguna pregunta, simplemente miraba hacia un lugar indefinido y decía «qué piensas tú, Daniela». Era un método infalible, porque en el curso había cinco Danielas.

La mujer que me habló en el metro no se llamaba así pero rimaba: Pamela. Me contó que vivía aún con sus papás, que no trabajaba. Le pregunté por qué estudiaba en horario vespertino, entonces. Porque en el día hace calor, me respondió, coqueta y desdeñosa. Le pregunté si en invierno estudiaba a mediodía y se rió. Después quise saber si de verdad creía que había sido una buena clase. Ella bajó la vista, como si le hubiera preguntado algo muy íntimo. Sí, me dijo después, casi una estación después: interesante. Nos bajamos juntos, en Baquedano, y la acompañé mientras esperaba la micro a Quilicura.

En la facultad no era raro, había ejemplos por montones, de todo tipo: profesor con alumna (o alumno), profesora con alumno (o alumna), e incluso unos pocos casos sabrosos, aunque quizás exagerados, de profesor con dos alumnas y de una profesora con tres alumnos y una bibliotecaria (y en la biblioteca, encima del mesón de devoluciones). Así que pensé que no era grave intentar algo con Pamela. No era ni baja ni alta, ni gorda ni flaca: perfecta, pensé –es que nunca he sabido responder esa clase de preguntas: si te gustan las morenas o las rubias, etcétera. Sabía con certeza que había algo en su voz, en su actitud, en sus ojos que me gustaba.

Llegué a la oficina sumido en esas especulaciones. Me preparé un café y fumé un cigarro tras otro (Portillo, que no fumaba, nos lo permitía), pensando en el amor y también, no sé por qué, en la muerte, y luego en el futuro, que no era mi tema predilecto. Pensé que estábamos en el año 2000, y evoqué las conversaciones que teníamos de niños, de adolescentes, sobre esa fecha tan lejana: imaginábamos una vida de autos voladores y alegres teletransportaciones, o quizás algo menos espectacular pero radicalmente distinto al mundo desangelado y represivo en que vivíamos. Debo haberme quedado dormido pensando en eso, pero el teléfono me despertó pronto, a la una de la mañana. Era mi jefe recordándome que a las tres iban a cortar el agua. Mientras llenaba el termo y el lavamanos pensé en mí, creo que por primera vez, como alguien solitario.

La norma establecía que catorce días después de sucedido el caso debíamos contactar al cliente (el *pax*, le decíamos) y preguntarle cómo había evolucionado su dolencia y cuál era su opinión sobre el servicio que había recibido. Esta parte del proceso se llamaba *social call* y era el paso previo para cerrar un expediente (ah, qué placer extraño sentíamos cuando por fin cerrábamos un expediente), así que tomé el teléfono y llamé a París: Juan Emilio seguía en casa de su hija, de hecho me contestó ella, la Moño, que no me pareció tan amable como su papá. Llámelo más tarde, me dijo, con sequedad. Eso hice. Juan Emilio pareció conmovido con mi llamada, lo que en todo caso solía pasar, pues algunos clientes pensaban que la llamada obedecía a una inquietud personal, como si a los tristes telefonistas nocturnos pudiera o debiera importarnos la salud de un compatriota que va por el mundo resfriándose levemente.

Hacia el final de la conversación Juan Emilio me preguntó si me gustaba ese trabajo. Le respondí que había otros mejores, pero que este era bueno. Pero qué estudiaste, insistió. Literatura, le respondí, y él inexplicablemente rió. Yo odiaba que me hicieran esa pregunta, pero no me molestó ni la pregunta ni la risa. Con el tiempo aprendí a valorar, a aceptar esa risa creciente, al comienzo ínfima y luego franca y contagiosa, de Juan Emilio.

A los cuatro o cinco días, ya de vuelta en Chile, volvió a llamar. Yo estaba medio dormido, eran las siete de la mañana. Quiero saber si estás bien, me dijo, y nos enfrascamos en una conversación que habría sido normal si hubiéramos sido dos adolescentes haciéndose amigos, o dos ancianos intentando combatir la inercia del día lunes, en el asilo. Pensé que Juan Emilio estaba medio loco y quizás me sentí orgulloso de participar en su locura. «Pax muy amable, llama sin motivo y agradece de nuevo el servicio», escribí en el expediente, pero al final había un motivo, aunque ahora pienso que se le ocurrió mientras hablábamos: quería que fuera su profesor, su guía de lectura, necesito mejorar mi nivel cultural, dijo. Parecía sencillo: yo debía recomendarle libros e iríamos comentándolos. Acepté, por supuesto. Le propuse una suma mensual y él insistió en duplicarla. Le ofrecí ir a su casa o a su oficina, aunque no me veía tomando el metro y un colectivo para cruzar la ciudad entera cada semana. Por suerte él prefirió que las clases se realizaran en mi departamento, todos los lunes, a las siete de la tarde.

Juan Emilio era chico, pelirrojo, extravagante: vestía con una elegancia torpe, como si la ropa siempre fuera nueva, como si la ropa quisiera decir, en voz alta y enérgica, *yo no tengo nada que ver con este cuerpo, nunca voy a acostumbrarme a este cuerpo.* Hicimos una lista de lecturas que yo pensé que podían interesarle. Él estaba entusiasmado. Me caía bien Juan Emilio, pero era un sentimiento ambiguo y medio culposo. ¿Qué tipo de gente podía permitirse, en plena edad laboral, un viaje tan largo por Europa? ¿Qué había hecho en todo ese tiempo, aparte de llevar a sus nietos a todas las heladerías de París? Intentaba imaginarlo como uno más de esos chilenos millonarios que viajaron a Londres para apoyar a Pinochet. Intentaba verlo como lo que se supone que era: un cuico a más no poder, conservador, pinochetista o ex pinochetista, aunque no hablaba como cuico y sus opiniones no eran tan conservadoras –al menos se podía hablar con él, claro que sí. También era prudente, miraba el pequeño departamento de Plaza Italia donde yo vivía sin evidenciar que le parecía un sitio pobre y descuidado. Después pensaba, para tranquilizarme, en plan maniqueo, que un empresario chileno no tendría a su hija estudiando en Francia, que Francia era el peor lugar del mundo para la hija de un pinochetista.

Las clases en el Centro de Formación Técnica, en tanto, mejoraban. Empecé a usar mis anteojos, para fijarme más en Pamela. En sus mejillas se insinuaban unos hoyuelos y su forma de maquillarse era curiosa –se delineaba los ojos con trazo demasiado grueso, como cercándolos, como si quisiera impedir que saltaran, que se arrancaran. Esa noche teníamos que hablar sobre los distintos tipos de carta y estuve parloteando sin elocuencia hasta que se me ocurrió mandarles un ejercicio y resultó muy bien. Les pedí que escribieran una carta que les gustaría haber recibido, una carta que les hubiera cambiado la vida, y casi todos hicieron cosas previsibles, pero hubo cuatro que llevaron el ejercicio al extremo y escribieron textos salvajes, desoladores, hermosos. Uno de ellos terminó llorando y maldiciendo a su padre, o a su tío, o a un padre que en realidad era su tío, creo que todos quedamos con la duda, pero no nos atrevimos a preguntarle.

Pensé que esa era mi oportunidad para enmendar el rumbo. Dediqué las clases siguientes a enseñarles a escribir cartas, intentando, siempre, que descubrieran el poderío del lenguaje, la capacidad de las palabras para verdaderamente influir en la realidad. Algunos todavía estaban desconcertados pero empezamos a pasarlo bien. Escribían a sus padres, a amigos de la infancia, a sus primeros novios. Recuerdo que una alumna le escribió a Juan Pablo II para explicarle por qué ya no creía en Dios, y se generó una pelea horrible y enredadísima, que estuvo a punto de llegar a los golpes, pero que al fin y al cabo fue muy beneficiosa para todos. Ahora les gustaba la clase, lo único que querían era escribir cartas, expresar sentimientos, explorar lo que les pasaba. Salvo Pamela, que me evitaba y prefería no participar en clases. Y aunque yo me esmeraba, no habíamos vuelto a coincidir en el metro.

Una noche, al comienzo de la clase, un alumno levantó la mano y me dijo que quería escribir una carta de renuncia, porque pensaba dejar su trabajo. Comenzó a hablar, enseguida, de los problemas que tenía con su jefe, y yo intenté aconsejarlo, aunque era quizás el menos autorizado de los que estábamos ahí.

Alguien le dijo que era un irresponsable, que antes de renunciar debía pensar de qué iba a vivir y cómo iba a pagar la carrera. Se hizo un silencio pesado y grave, que no supe llenar. Yo quiero escribir la carta, nos dijo él, entonces: no voy a renunciar, no podría, tengo hijos, tengo problemas, pero igual quiero escribir esa carta. Quiero imaginarme cómo sería renunciar. Quiero decirle a mi jefe todo lo que pienso sobre él. Quiero decirle que es un concha de su madre, pero sin usar esa palabra. No es una palabra, son varias palabras, dijo una alumna que se sentaba en la primera fila. ¿Qué? Que son cuatro palabras, profe: concha-de-su-madre.

Empezamos la carta, escribimos los primeros párrafos en la pizarra. Y como el tiempo se acabó, quedamos de retomar el ejercicio a la clase siguiente. Pero no hubo una clase siguiente. Llegué el lunes con el tiempo justo para tomar la carpeta e ir a la sala, pero el edificio estaba cerrado e incluso acababan de pintar la fachada. El instituto no existía más. Me lo explicaron los alumnos, desolados. Habían pagado sus mensualidades e incluso varios de ellos el año completo, por adelantado, para aprovechar un descuento.

Esa noche acompañé a mis alumnos a un bar de Avenida España. No solían salir juntos, no eran amigos, no habían alcanzado a conocerse, de manera que algunos contaban sus vidas, y otros se dedicaban a sus cervezas y a sus churrascos. Pamela estaba en el extremo opuesto de la mesa, conversando con otro grupo, y no se me acercó pero logré que coincidiéramos rumbo al metro. La acompañé a la micro, de nuevo, en Plaza Italia, y al despedirse me dijo que se sentía demasiado observada, pero que si no la miraba tanto tal vez yo empezaría a gustarle. Pero no vamos a vernos nunca más, le dije. Quién sabe, respondió.

Las sesiones con Juan Emilio eran menos fáciles de lo que yo pensaba. No cuestionaba los libros que yo elegía, pero buscaba, en la lectura —como casi todo el mundo, por lo demás–, mensajes, explicaciones definitivas, moralejas. Le daba cada semana algún ejercicio, y él llegaba siempre con una botella de vino a manera de disculpa: no alcancé a terminar la tarea, me decía, con un gesto como de travesura, y luego se largaba a hablar sobre la cepa o la viña del vino que me traía de regalo, con mareadora erudición, con ese lenguaje que me parecía tan cómico como debía parecerle a él la terminología literaria. Juan Emilio era gerente de algo, pero yo prefería no indagar demasiado en su trabajo, básicamente por lo mismo que prefería no preguntarle qué pensaba sobre la vuelta de Pinochet: no quería enterarme de que era un empresario chupasangre, no quería tener motivos para despreciarlo.

Llegué, en cambio, a saber mucho sobre su familia: llegué a interesarme realmente por las vidas para nada interesantes de sus hijos. En cuanto a su matrimonio, a partir de nuestras conversaciones deduje que era una relación compleja pero estable; seguro había habido algunas infidelidades, pero ya eran viejos para separarse, y quizás pertenecían a ese mundo en que la gente no se separa aunque se odie. Pero él no odiaba a su mujer (de nombre atroz pero para mí literario: Eduviges) ni ella a él; se toleraban, y acaso de vez en cuando ella lo esperaba con un pisco sour y se echaban en el sillón a hablar sobre lo mal que estaban otras parejas y lo bien que estaban ellos, juntos y felices, después de todo.

Me costaba interrumpir su discurso para dirigir el proceso, de hecho un par de veces se hizo demasiado tarde y tuvo que irse cuando ni siquiera habíamos empezado la clase. De todos modos me pagaba, claro.

Intenté ayudar a mis ex alumnos en su reclamo ante el Ministerio de Educación, que les ofrecía poco o nada. Escribimos, entre todos, la gran carta, el mensaje crucial que debía demostrar la eficacia de la comunicación escrita, el poder de las palabras, pero no surtió ningún efecto. Habíamos recopilado testimonios, opiniones de políticos y expertos en educación, pero no pasó nada. La situación era escandalosa y durante un tiempo la noticia salía en los diarios, pero súbitamente sobrevino ese silencio tan chileno y sospechoso que entonces lo cubría todo. Algunos consiguieron incorporarse a otros institutos, en condiciones que nunca eran ventajosas, y los que habían pagado todo el año siguieron sin una verdadera solución. Yo tampoco, a todo esto: me debían un mes de sueldo, pero cuando intenté juntarme con los demás profesores no tuve ninguna suerte. Contacté a dos, de hecho, que preferían no reclamar, porque también trabajaban en otros institutos y no querían tomar fama de conflictivos.

Me propuse, de todas formas, terminar el curso en ese mismo bar de Avenida España, todas las semanas. De los treinta y cinco alumnos originales, diez siguieron conmigo el resto del año, todos los miércoles, y aunque un par de veces la cosa se desbandó, la mayoría de esas sesiones trabajamos y debatimos. Una de esas noches, cuando yo había perdido toda esperanza, apareció Pamela, y se sumó al grupo como si nada, sin hacer comentarios. Nos fuimos juntos, en el metro, y me dio un billete de cinco mil pesos. Yo le dije que las clases eran gratis, que a lo sumo aceptaba que los alumnos me invitaran los schops o el chacarero. Ella dijo que de todos modos quería pagarme y no aceptó la plata de vuelta. Vamos a su casa, profesor, me dijo enseguida –casi no tengo que explicar lo absurdo que era que me tratara de usted, cuando tenía diez años más que yo. Era más tarde de lo acostumbrado, habitualmente iba un rato a la casa y me comía una lata de atún antes de partir al trabajo, pero ahora tenía poco margen. Decidí arriesgarme y la llevé a la oficina. Me lo chupó en la alfombra y después tiramos sobre el escritorio de Portillo, por suerte no sonó el teléfono. A las tres de la mañana llegó un taxi que cargué a la empresa. Antes de partir me dijo, con exquisita seriedad: págueme, profe, son cinco mil pesos. Se hizo, entonces, una costumbre: ella iba a las clases y me pagaba, pero luego, en la oficina o en mi casa, le pagaba yo a ella. Y siempre, incluso en medio del sexo, me trataba de usted. Al menos tutéame en la cama, le dije una noche. Prefiero tratarlo de usted, profe, me dijo, arreglándose el pelo: es que me encanta cómo hablan las colombianas.

Una tarde en que llovía torrencialmente, Juan Emilio llegó atrasado y acompañado por un hombre que me saludó con la cara llena de felicidad y de inmediato comenzó a apilar una serie de cajas junto a mi escritorio. Me costó entender la situación, que Juan Emilio sólo explicaba con una extraña mueca condescendiente. Espero que no te molesten estos regalitos, dijo al fin.

Mi reacción fue airada pero tardía. Seguramente él nunca había conocido a alguien tan pobre como yo, de hecho bajar a la altura de Plaza Italia debía ser, para Juan Emilio, una suerte de aventura transgresora. Pero yo no era pobre ni mucho menos. Vivía con poco, pero en ningún caso era pobre. Le dije que no podía aceptar esa ayuda, que cómo se le ocurría, pero mientras yo argumentaba Juan Emilio iba abriendo las cajas y llenaba la despensa o el rincón de esa cocina minúscula que hacía las veces de despensa. Eran verdaderamente muchas cajas, en las que había, entre otras delicias, jugos de soya, diversos sabores de Twinnings, sofisticadas tablas de queso, carpaccios de pulpo y de salmón, unas latas de caviar, varios packs de cervezas importadas y veinticuatro botellas de vino. Había también una caja inmensa con productos para el aseo, lo que en cierto modo me ofendió, pues evidentemente él juzgaba que eran necesarios.

Agradecí sus buenas intenciones y volví a decirle que no podía aceptar su generosidad. A mí no me cuesta nada, me respondió, lo que era indudablemente cierto, y después de negarme, pero ya sin convicción, otras dos veces, acepté su regalo. Enseguida hubo un intento mío de empezar la clase, no tan enfático, la verdad. Discutimos vagamente unos cuentos de Onetti mientras picábamos unos quesos y aceitunas, además de unos deliciosos dulces árabes. Aunque lo intenté, no pude disimular que tenía hambre.

Cuando se iba quise adelantarle lo que haríamos el lunes siguiente, pero me detuvo. Se repasó el pelo y prendió un cigarro con una rapidez en él inusitada, antes de decirme: he descubierto que no me gusta tanto la literatura. Me gusta hablar contigo, venir aquí, ver cómo vives. Pero nada de lo que he leído me ha gustado de verdad.

Esas últimas frases las pronunció con un énfasis desagradable, seguro era el mismo tono que usaba para despedir a sus empleados. Algo así como «creo que vamos a tener que buscar a otra persona». Recién entonces entendí que la mercadería era una especie de indemnización. Sin decir mucho más se levantó y me miró fijamente a los ojos antes de despedirse para siempre con un inesperado y larguísimo beso en la boca.

Me quedé bloqueado. Me molestaba no haber entendido la trama, me sentía tonto. No me desagradó el beso, no me dio asco, pero por las dudas me tomé un trago largo de un syrah que no tengo idea si tenía tanta expresión frutal o una acidez muy notable, pero que en ese momento me pareció oportuno.

A la noche siguiente, en el trabajo, como se rumoreaba que volverían a cortar el suministro, junté agua, pero olvidé cerrar la llave del lavamanos. Y me quedé dormido, como nunca, en el suelo. Desperté con el agua en el cuerpo, a las siete de la mañana, la alfombra casi enteramente anegada. Mi jefe desató su bien entrenado sarcasmo retándome, pero en el fondo le daba tanta risa mi torpeza que decidió no despedirme. Entendí, sin embargo, que ese era el fin.

Más de una vez había pensado en quedarme para siempre en esa oficina contestando el teléfono. No me costaba imaginarme a los cuarenta años o a los cincuenta pasando la noche con los pies sobre ese mismo escritorio, leyendo una y otra vez los mismos libros. Hasta entonces había preferido no pensar en nada confuso, en nada demasiado elaborado. No solía imaginar seriamente el futuro, quizás porque confiaba en eso que llaman la buena estrella. Cuando decidí estudiar literatura, por ejemplo, lo único que sabía era que me gustaba leer y nadie me movió de ahí. En qué trabajar, qué tipo de vida quería: no sé si llegaba a pensar en esas cosas, hubiera sido pura angustia. Y sin embargo supongo que, como se dice, quería salir adelante, quería surgir. La inundación era una señal: debía prosperar en lo que había estudiado, o más bien, para ser preciso, en algo al menos ligeramente conectado con lo que había estudiado. Renuncié sin más. En la cena de despedida, Portillo me regaló un libro de Arturo Pérez Reverte, que era su autor favorito.

Cuando les conté a mis alumnos que estaba sin trabajo, me ofrecieron ayuda aunque no tenían ni dinero ni contactos ni nada. Les dije que no era necesario, que tenía tiempo para buscar trabajo, que había conseguido ahorrar algo de plata. Me miraron muy serios, pero cuando les relaté el accidente en la oficina se cagaron de la risa y estuvieron de acuerdo en que debía renunciar. Sobre todo Pamela.

Nos fuimos a mi departamento, por fin podríamos dormir juntos. Empezaba octubre, la noche era amable, sugerente, tentadora. Tomamos un vino increíble, después de tirar vimos un programa de concursos (ella acertaba todas las respuestas) y una película. Despertamos tarde, pero no había prisa. Me quedé como una hora acariciando sus piernas generosas y mirando sus pies perfectos pero un poco marchitos por el esmalte turquesa, ya medio descascarado, con que pintaba sus uñas. Por entonces habíamos decidido subir la tarifa: ella me cobraba diez mil y yo le cobraba diez mil.

No tienes trabajo, pero tu casa está llena de comida, me dijo risueña mientras proyectábamos el almuerzo. Era realmente mucha comida, pensé, y empecé a llenar una bolsa con quesos, embutidos, yogures y vinos. Se la di. Yo era joven y muchísimo más huevón que ahora, no hace falta aclararlo. Ella escuchó atónita las frases tontas que debo haberle dicho. Recién entonces me di cuenta de que había cometido un error fatal. Pamela me miró con rabia, sin decir palabra, descolocada, decepcionada. Se tocó un pecho, quién sabe por qué, como si le doliera.

Después tomó la bolsa y la vació furiosa sobre mis pies. Iba a marcharse sin hablar, había abierto la puerta, pero se detuvo, y antes de irse me dijo, con la voz deshecha, que ella no era ni sería nunca una puta. Y que yo no era ni nunca sería un verdadero profesor.

II

INSTITUTO NACIONAL

para Marcelo Montecinos

1

Los profesores nos llamaban por el número de lista, por lo que sólo conocíamos los nombres de los compañeros más cercanos. Lo digo como disculpa: ni siquiera sé el nombre de mi personaje. Pero recuerdo con precisión al 34. En ese tiempo yo era el 45. Gracias a la inicial de mi apellido gozaba de una identidad más firme que los demás. Todavía siento familiaridad con ese número. Era bueno ser el último, el 45. Era mucho mejor que ser, por ejemplo, el 15 o el 27.

Lo primero que recuerdo del 34 es que a veces comía zanahorias a la hora del recreo. Su madre las pelaba y acomodaba armoniosamente en un pequeño tupperware, que él abría desmontando con cautela las esquinas superiores. Medía la dosis exacta de fuerza como si practicara un arte dificilísimo. Pero más importante que su gusto por las zanahorias era su condición de repitente, el único del curso.

Para nosotros repetir de curso era un hecho vergonzante. En nuestras cortas vidas nunca habíamos estado cerca de esa clase de fracasos. Teníamos once o doce años, acabábamos de entrar al Instituto Nacional, el colegio más prestigioso de Chile, y nuestros expedientes eran, por tanto, intachables. Pero ahí estaba el 34: su presencia demostraba que el fracaso era posible, que era incluso llevadero, porque él lucía su estigma con naturalidad, como si estuviera, en el fondo, contento de repasar las mismas materias. Usted me es cara conocida, le decía a veces algún profesor, socarronamente, y el 34 respondía con gentileza: sí señor, soy repitente, el único del curso. Pero estoy seguro de que este año va a ser mejor para mí.

Esos primeros meses en el Instituto Nacional fueron infernales. Los profesores se encargaban de decirnos una y otra vez lo difícil que era el colegio; intentaban que nos arrepintiéramos, que volviéramos al liceo de la esquina, como decían de forma despectiva, con ese tono de gárgaras que en lugar de darnos risa nos atemorizaba.

No sé si es preciso aclarar que esos profesores eran unos verdaderos hijos de puta. Ellos sí tenían nombres y apellidos: el profesor de matemáticas, don Bernardo Aguayo, por ejemplo, un completo hijo de puta. O el profesor de técnicas especiales, señor Eduardo Venegas. Un concha de su madre. Ni el tiempo ni la distancia han atenuado mi rencor. Eran crueles y mediocres. Gente frustrada y tonta. Obsecuentes, pinochetistas. Huevones de mierda. Pero estaba hablando del 34 y no de esos malparidos que teníamos por profesores.

El comportamiento del 34 contradecía por completo la conducta natural de los repitentes. Se supone que son hoscos y se integran a destiempo y de mala gana al contexto de su nuevo curso, pero el 34 se mostraba siempre dispuesto a compartir con nosotros en igualdad de condiciones. No padecía ese arraigo al pasado que hace de los repitentes tipos infelices o melancólicos, a la siga perpetua de sus compañeros del año anterior, o en batalla incesante contra los supuestos culpables de su situación.

Eso era lo más raro del 34: que no era rencoroso. A veces lo veíamos hablando con profesores para nosotros desconocidos. Eran diálogos alegres, con movimientos de manos y golpecitos en la espalda. Le gustaba mantener relaciones cordiales con los profesores que lo habían reprobado.

Temblábamos cada vez que el 34 daba muestras, en clases, de su innegable inteligencia. Pero no alardeaba, al contrario, solamente intervenía para proponer nuevos puntos de vista o señalar su opinión sobre temas complejos. Decía cosas que no salían en los libros y nosotros lo admirábamos por eso, pero admirarlo era una forma de cavar la propia tumba: si había fracasado alguien tan listo, con mayor razón fracasaríamos nosotros. Conjeturábamos, entonces, a sus espaldas, los verdaderos motivos de su repitencia: enrevesados conflictos familiares, enfermedades largas y penosas. Pero sabíamos que el problema del 34 era estrictamente académico —sabíamos que su fracaso sería, mañana, el nuestro.

Una vez se me acercó de forma intempestiva. Se veía a la vez alarmado y feliz. Tardó en hablar, como si hubiera pensado largo rato en lo que iba a decirme. Tú no te preocupes, lanzó finalmente: te he estado observando y estoy seguro de que vas a pasar de curso. Fue reconfortante oír eso. Me alegré mucho. Me alegré de forma casi irracional. El 34 era, como se dice, la voz de la experiencia, y que pensara eso de mí era un alivio.

Pronto supe que la escena se había repetido con otros compañeros y entonces corrió la voz de que el 34 se burlaba de todos nosotros. Pero luego pensamos que esa era su forma de infundirnos confianza. Y necesitábamos esa confianza. Los profesores nos atormentaban a diario y los informes de notas eran desastrosos para todos. No había casi excepciones. Íbamos derecho al matadero.

La clave era saber si el 34 nos transmitiría ese mensaje a todos o sólo a los supuestos elegidos. Quienes aún no habían sido notificados entraron en pánico. El 38 –o el 37, no recuerdo bien su número– era uno de los más preocupados. No aguantaba la incertidumbre. Su desesperación llegó a tanto que un día, desafiando la lógica de las nominaciones, fue a preguntarle directamente al 34 si pasaría de curso. Él pareció incómodo con la pregunta. Déjame estudiarte, le propuso. No he podido observarlos a todos, son muchos. Perdóname, pero hasta ahora no te había prestado demasiada atención.

Que nadie piense que el 34 se daba aires. Para nada. Había en su forma de hablar un permanente dejo de honestidad. No era fácil poner en duda lo que decía. También ayudaba su mirada franca: se preocupaba de mirar a los ojos y espaciaba las frases con casi imperceptibles cuotas de suspenso. En sus palabras latía un tiempo lento y maduro. «No he podido observarlos a todos, son muchos», acababa de decirle al 38, y nadie dudó de que hablaba en serio. El 34 hablaba raro y hablaba en serio. Aunque tal vez entonces creíamos que para hablar en serio había que hablar raro.

Al día siguiente el 38 pidió su veredicto pero el 34 le respondió con evasivas, como si quisiera –pensamos– ocultar una verdad dolorosa. Dame más tiempo, le pidió, no estoy seguro. Ya todos lo creíamos perdido, pero al cabo de una semana, después de completar el periodo de observación, el adivino se acercó al 38 y le dijo, para sorpresa de todos: Sí, vas a pasar de curso. Es definitivo.

Nos alegramos, claro, y también celebramos al día siguiente, cuando salvó a los seis que faltaban. Pero quedaba algo importante por resolver: ahora la totalidad de los alumnos habíamos sido bendecidos por el 34. No era normal que pasara todo el curso. Lo investigamos: tal parece que nunca, en la casi bicentenaria historia del colegio, se había dado que los 45 alumnos de un séptimo básico pasaran de curso.

Durante los meses siguientes, los decisivos, el 34 notó que desconfiábamos de sus designios, pero no acusó recibo: seguía comiendo con fidelidad sus zanahorias e intervenía regularmente en clases con sus opiniones valientes y atractivas. Tal vez su vida social había perdido un poco de intensidad. Sabía que lo observábamos, que estaba en el banquillo, pero nos saludaba con la calidez de siempre.

Llegaron los exámenes de fin de año y comprobamos que el 34 había acertado en sus vaticinios. Cuatro compañeros habían abandonado el barco antes de tiempo (incluido el 38), y de los 41 que quedamos fuimos 40 los que pasamos de curso. El único repitente fue justamente, de nuevo, el 34.

El último día de clases nos acercamos a hablarle, a consolarlo. Estaba triste, desde luego, pero no parecía fuera de sí. Me lo esperaba, dijo. A mí me cuesta mucho estudiar y quizás en otro colegio me vaya mejor. Dicen que a veces hay que dar un paso al costado. Creo que es el momento de dar un paso al costado.

A todos nos dolió perder al 34. Ese final abrupto era para nosotros una injusticia. Pero volvimos a verlo al año siguiente, formado en las filas de séptimo, el primer día de clases. El colegio no permitía que un alumno repitiera dos veces el mismo grado, pero el 34 había conseguido, quién sabe cómo, una excepción. No faltaron quienes dijeron que eso era injusto, que el 34 tenía santos en la corte. Pero la mayoría de nosotros pensamos que era bueno que se quedara. Nos sorprendía, en todo caso, que quisiera vivir la experiencia una vez más.

Me acerqué ese mismo día. Traté de ser amistoso y él también fue cordial. Se veía más flaco y se notaba demasiado la diferencia de edad con sus nuevos compañeros. Ya no soy el 34, me dijo al final, con ese tono solemne que yo ya conocía. Agradezco que te intereses por mí, pero el 34 ya no existe, me dijo: ahora soy el 29 y debo acostumbrarme a mi nueva realidad. Prefiero integrarme a mi curso y hacer nuevos amigos. No es sano quedarse en el pasado.

Supongo que tenía razón. De vez en cuando lo veíamos a lo lejos, alternando con sus nuevos compañeros o conversando con los profesores que lo habían reprobado el año anterior. Creo que esa vez por fin logró pasar de curso, pero no sé si siguió en el colegio mucho tiempo. Poco a poco le perdimos la pista.

2

Una tarde de invierno, cuando volvieron de gimnasia, encontraron este mensaje escrito en la pizarra:

Augusto Pinochet es:

    a) Un concha de su madre
    b) Un hijo de puta
    c) Un imbécil
    d) Una mierda
    e) Todas las anteriores

Y abajo decía: PIO.

Iban a borrarlo, pero no alcanzaron, porque enseguida llegó Villagra, el profesor de ciencias naturales. Hubo un murmullo nervioso y algunas risas tímidas antes de que se impusiera el silencio absoluto en que solían desarrollarse sus clases. Villagra miró la pizarra unos minutos, de espaldas a los alumnos. Esa letra de trazo firme, con perfecta caligrafía, no era de un niño de doce años. Además de que en el PIO, el Partido Institutano Opositor, no era habitual que militaran alumnos de séptimo básico.

Con la gravedad y el histrionismo de siempre, Villagra fue a la puerta, se aseguró de que nadie afuera lo espiaba. Después tomó el borrador y empezó a borrar una a una las opciones, pero antes de llegar a la última, todas las anteriores, se detuvo a quitarse el polvo de la tiza en su chaqueta y tosió con exagerado estruendo. Entonces, desde la última fila, Vergara –más conocido por sus compañeros como *verga-rara*– preguntó si la alternativa correcta era la e).

Villagra miró hacia el techo, como buscando inspiración, y en efecto puso cara de iluminado. Sí, pero la pregunta está mal formulada, respondió. Les explicó que las opciones a) y b) eran prácticamente idénticas, lo mismo que la c) y la d), así que era obvio, por descarte, que era la e).

Y esa es la alternativa correcta, preguntó González Reyes.

Se llaman opciones, se dice alternativas cuando son dos, cuando son más de dos se llaman opciones, abran sus libros en la página 80, por favor –bah, dijeron los niños.

¿Pero qué piensa usted de Pinochet?, insistió otro González, González Torres (eran seis los González en el curso).

Eso no importa, dijo serena y tajantemente. Yo soy el profesor de ciencias naturales. Yo no hablo de política.

3

Me acuerdo del calambre en la mano derecha, después de las clases de historia, porque Godoy dictaba las dos horas enteras. Nos enseñaba la democracia ateniense dictando como se dicta en dictadura.

Me acuerdo de la ley de Lavoisier pero me acuerdo mucho más de la ley de la selva.

Me acuerdo de Aguayo diciendo «en Chile la gente es floja, no quiere trabajar, Chile es un país lleno de oportunidades».

Me acuerdo de Aguayo reprobándonos pero ofreciéndonos clases de recuperación con su hija, que era hermosa pero no nos gustaba, porque en su cara veíamos la cara de perro de su padre.

Me acuerdo de Veragua, que había ido al colegio con calcetines blancos, y de Aguayo diciéndole: «Eres un punga.»

Me acuerdo de la melena de Veragua, sus ojos verdes y grandes inundados de lágrimas, mirando al suelo, en silencio, humillado. Nunca más apareció por el colegio.

Me acuerdo del indio Venegas diciéndonos, el lunes siguiente: «A Veragua lo retiraron. No se la podía.»

Me acuerdo de Elizabeth Azócar enseñándonos a escribir, las últimas horas de cada viernes. Yo estaba enamorado de Elizabeth Azócar.

Me acuerdo de Martínez Gallegos, de Puebla, de Tabilo.

Me acuerdo de Gonzalo Mario Cordero Lafferte, que en las horas libres contaba chistes y cuando llegaba algún profesor simulaba que estudiábamos francés: *la pipe, la table, la voiture.*

Recuerdo que nunca nos quejábamos. Qué cosa tan tonta era quejarse, había que aguantar con hombría. Pero la idea de hombría era confusa: a veces significaba valentía, otras veces indolencia.

Recuerdo que me robaron cinco mil pesos que llevaba para pagar la cuota anual del Centro de Padres.

Después supe quién había sido y él supo que yo sabía. Cada vez que nos mirábamos nos decíamos, con los ojos: sé que tú me robaste, sé que sabes que te robé.

Me acuerdo de la lista de presidentes de Chile que habían estudiado en mi colegio. Recuerdo que cuando los mencionaban omitían el nombre de Salvador Allende.

Me acuerdo de haber dicho *mi colegio*, con orgullo.

Me acuerdo de la oración subordinada sustantiva (OSS) y la oración subordinada adjetiva-relativa (OSAR).

Me acuerdo de los ejercicios de vocabulario con palabras raras, que después repetíamos, muertos de la risa: conmiseración, escaramuza, fruslería, irisado, reivindicar, ríspido, sucinto.

Recuerdo que a Soto lo llevaba al colegio el chofer de su padre militar.

Recuerdo que la profesora de inglés le puso una mala nota a un alumno que había vivido diez años en Chicago y después dijo, avergonzada, «no sabía que era gringo».

Me acuerdo de profesores tontos y profesores brillantes.

Me acuerdo del más brillante, Ricardo Ferrada, que en la primera clase escribió en la pizarra una frase de Henry Miller que me cambió la vida.

Me acuerdo de profesores que nos hundían y de profesores que querían salvarnos. Profesores que se creían Mr. Keating. Profesores que se creían Dios. Profesores que se creían Nietzsche.

Me acuerdo de ese gueto, en cuarto medio, de homosexuales. Eran cinco o seis, se sentaban juntos, conversaban solamente entre ellos. El más gordo me escribía cartas de amor.

Nunca hacían gimnasia y las pocas veces que salían a recreo los molestaban, les pegaban. Preferían quedarse en la sala, conversando o peleando entre ellos. Se gritaban «¡puta!», lanzándose los bolsones a la cara o al suelo.

Recuerdo una mañana, en hora libre, sin profesores en la sala, mientras calentábamos una prueba de matemáticas, cuando el gordo hablaba sin cesar con su compañero de banco, y el chico Carlos le gritó «Cállate, guatón maraco.»

Recuerdo que el gordo se levantó furioso, más afeminado que nunca, y respondió: «No me digas nunca más *guatón.*»

Recuerdo haber fumado marihuana en el recreo, al fondo del Zócalo, con Andrés Chamorro, Cristián Villablanca y Camilo Dattoli.

Me acuerdo del Pato Parra. Recuerdo los dibujos de Patricio Parra, que era uno de los cuatro repitentes del Tercero M.

Recuerdo que se sentaba en el primer banco de la fila de en medio y lo único que hacía durante la clase era dibujar.

Jamás miraba a los profesores, siempre estaba agazapado, concentrado en el dibujo, con sus lentes poto de botella y la chasquilla cayendo sobre el papel.

Recuerdo el gesto rápido que Patricio Parra hacía con la cabeza para que los pelos no amagaran el dibujo.

Ningún profesor lo regañaba, ni por el pelo largo ni por su desinterés absoluto en las clases, y si alguno le preguntaba por qué no participaba, él se disculpaba seca y educadamente, sin abrir espacio al diálogo.

Alcancé a conocerlo muy poco, hablamos algunas veces. Recuerdo una mañana que pasé sentado a su lado, mirando sus dibujos, que eran perfectos, casi siempre realistas: viñetas sobre el desamparo, sobre la pobreza, retratada sin aspavientos, directamente.

Recuerdo que esa mañana me dibujó. Todavía conservo el dibujo, pero no sé dónde está.

No sé si fue en junio o en julio, pero recuerdo que fue una mañana de invierno cuando supimos que el Pato Parra se había suicidado.

Recuerdo el frío en el cementerio de Puente Alto. Recuerdo a los profesores intentando explicarnos lo que había pasado. Y el deseo de que se callaran, que se callaran, que se callaran. Y el vacío después, todo el año, al mirar el primer pupitre de la fila de en medio.

Recuerdo que el paradocente nos dijo que la vida seguía.

Recuerdo que la vida seguía, pero no de la misma manera.

Recuerdo que lloramos todos en el bus del colegio, que llamaban el Caleuche, de vuelta.

Recuerdo haber caminado abrazados con Hugo Puebla, por la cancha del patio, llorando.

Recuerdo la frase que el Pato Parra escribió, en un muro de su pieza, antes de matarse: «Mi último grito al mundo: mierda».

4

Recuerdo los últimos meses en el colegio, en 1993: el deseo de que todo acabara pronto. Estaba nervioso, todos lo estábamos, esperando la gran prueba, que habíamos preparado a lo largo de seis años. Porque eso era entonces el Instituto Nacional: un preuniversitario que duraba seis años.

Una mañana estallamos, peleamos todos, a gritos, a golpes: una explosión de violencia absoluta que no sabíamos de dónde venía. Pasaba todo el tiempo, pero esta vez sentíamos una rabia o una impotencia o una tristeza que por primera vez se revelaba de esa manera. Hubo algún escándalo, llegó Washington Musa, el inspector general del sector uno. Recuerdo ese nombre, Washington Musa. Qué será de él. Qué poco me importa.

Vino la reprimenda, Musa adoptó el tono de siempre, el tono de tantos profesores e inspectores en esos años. Nos dijo que éramos unos privilegiados, que habíamos recibido una educación de excelencia. Que habíamos tenido clases con los mejores profesores de Chile. Y gratis, recalcó. Pero ustedes no van a llegar a ninguna parte, no sé cómo han sobrevivido en este colegio. Los humanistas son la escoria del Nacional, dijo. Nada de eso nos dolía, muchas veces habíamos escuchado ese discurso, ese monólogo. Mirábamos al suelo o nuestros cuadernos. Estábamos más cerca de la risa que del llanto, una risa que hubiera sido amarga o sarcástica o pedante, pero una risa al fin y al cabo.

Y sin embargo nadie rió. El silencio era absoluto mientras Musa peroraba. De pronto empezó a increpar a Javier García Guarda brutalmente. Javier era acaso el más silencioso y tímido del curso. No tenía malas notas, ni buenas, su hoja de vida estaba limpia: ni una sola anotación negativa, ni una sola anotación positiva. Pero Musa, furioso, lo humillaba, no sabíamos por qué. De a poco entendimos que a Javier se le había caído el lápiz. Eso era todo. Y Musa pensó que era a propósito, o no pensó nada, pero aprovechó el incidente para concentrar toda su ira en García Guarda: no quiero ni imaginar la educación que recibiste de tus padres, le decía. No mereces haber estado en este colegio.

Me puse de pie y defendí a mi compañero, o más bien ofendí a Musa. Le dije cállese, señor, cállese alguna vez, usted no tiene idea de lo que está diciendo. Está humillando a un compañero injustamente, señor.

Se hizo un silencio aún más intenso.

Musa era alto, macizo y pelado. Además de su trabajo en el Instituto, manejaba una joyería, y mejoraba bastante su sueldo con las ventas en el colegio: de vez en cuando se detenía en el pasillo para alabar los prendedores, los relojes o los collares que él mismo les vendía a las profesoras. Con los alumnos era antipático, gélido, despótico, como dictaba la naturaleza de su cargo: sus reprimendas y sus castigos eran legendarios. Su rasgo principal era, pensaba entonces y pienso ahora, la arrogancia. Musa no sabía qué hacer, cómo reaccionar. «A mi oficina, los dos», dijo, totalmente contrariado. Recuerdo que en el camino a la inspectoría se acercó Mejías a alentarnos.

Había actuado con valentía, pero quizás no era valentía, o era el lado indolente de la valentía: estaba simplemente harto, me daba lo mismo, me habría ido feliz ese mismo día al colegio de la esquina. Creía haber encontrado la excusa para hacerme expulsar. Pero también sabía que no me iban a expulsar. Había profesores que me querían, que me protegían. Musa sabía eso.

«A ti, García, voy a pensar seriamente en dejarte sin graduación», dijo Musa. «Mañana, a primera hora, hablaré con tu apoderado.» Recién entonces, al mirar los ojos negros y llorosos de García Guarda, descubrí que lo había agravado todo, que el asunto debería haber terminado en una reprimenda, en una humillación más, y García Guarda habría preferido eso, pero por culpa de mi intervención la falta era más grave. Venir con el apoderado, eso sólo sucedía en casos gravísimos, porque en mi colegio los apoderados, los padres, no existían. «Expúlseme a mí», dije de nuevo, pero sabía que no era esa la trama: su manera de castigarme era torturar a García. Estuve a punto de insistir, de defenderlo de nuevo, de empeorarlo todo una vez más. Me contuve.

«A ti no te voy a expulsar y tampoco te voy a dejar sin graduación», me dijo Musa, y volví a pensar en lo injusto que era que yo recibiera un castigo menor que el de García. Y pensé también que me daba lo mismo la graduación. Pero quizás no me daba lo mismo. Me sentía indestructible. La rabia me hacía indestructible. Pero no solamente la rabia. También una confianza ciega o una cierta tozudez que nunca me ha abandonado. Porque hablaba bajo pero era fuerte. Porque hablo bajo pero soy fuerte. Porque nunca grito pero soy fuerte.

«Debería dejarte sin graduación, debería expulsarte ahora mismo», me dijo. «Pero no lo voy a hacer.» Pasaron treinta segundos, Musa no había terminado, yo seguía mirando de reojo las lágrimas que bajaban por la cara de García Guarda. Recuerdo que él también escribía poemas, pero no los mostraba como yo, no jugaba, como yo, al espectáculo de la poesía. Tampoco éramos amigos, pero hablábamos de vez en cuando, nos respetábamos.

«No te voy a dejar sin graduación, no voy a expulsarte, pero voy a decirte algo que nunca en la vida vas a olvidar.» Musa enfatizó la palabra *nunca* y después *en la vida* y repitió su frase otras dos veces.

«No te voy a dejar sin graduación, no voy a expulsarte, pero voy a decirte algo que nunca en la vida vas a olvidar.» No lo recuerdo, lo olvidé de inmediato, sinceramente no sé lo que Musa entonces me dijo: lo miraba de frente, con valentía o con indolencia, pero no retuve una sola de sus palabras.

YO FUMABA MUY BIEN

para Álvaro y Valeria

El tratamiento dura noventa días. Hoy es el día catorce. Según el prospecto, me corresponde un último cigarro. El último cigarro de mi vida.
Acabo de fumarlo.

Duró seis minutos y siete segundos. La última argolla se deshizo antes de llegar al techo. Dibujé algo en la ceniza (¿mi corazón?).

No sé si abro o cierro paréntesis.

Lo que siento se parece al dolor y a la derrota. Pero busco indicios favorables. Está bien, es lo que debía hacer.
Yo era bueno fumando, era uno de los mejores. Yo fumaba muy bien.
Yo fumaba con naturalidad, con fluidez, con alegría. Con muchísima elegancia. Con pasión.
Y ha sido sencillo, inesperadamente. Los primeros días, casi sin darme cuenta, pasé de sesenta a cuarenta cigarros. Y luego de cuarenta a veinte. Cuando descubrí que la cuota bajaba rápido fumé varios seguidos, como si pre-

tendiera ponerme en forma o recuperar la categoría. Pero no disfrutaba esos cigarros.

En la víspera fumé sólo dos y con pocas ganas, más bien para aprovechar el poco autorizado. Ninguno de esos cigarros fue pleno, verdadero.

*

Diecinueve días, cinco sin fumar.

Hasta ahora no ha habido dramatismo en mi proceso, pero busco un doble fondo, un lugar diferente donde poner los ojos.

Es alarmante la rapidez de la intervención. Y la docilidad de mi organismo. El Champix me invadió sin contrapeso. A pesar de las migrañas, me sentía un hombre fuerte, pero este fármaco modificó algo esencial.

Es absurdo pensar que el remedio únicamente va a alejarme del hábito. De seguro me distanciará también de otras cosas que aún no descubro. Y las pondrá tan lejos que ya no podré verlas.

Voy a cambiar mucho y esa certeza no me gusta. Quiero cambiar, pero en otro sentido. No sé lo que digo.

Me siento perplejo y lastimado. Es como si alguien borrara de a poco de mi memoria la información relacionada con el cigarro. Y eso me parece triste.

Soy un computador muy viejo. Soy un computador viejo y no del todo malo. Alguien me toca la cara y las teclas con un paño de cocina. Y me duele.

Durante más de veinte años, lo primero que hacía al levantarme era fumar dos cigarros seguidos. Creo que, en rigor, me despertaba por eso, para eso. Era feliz al descubrir, en el primer parpadeo de lucidez, que podía fumar de inmediato. Y sólo después de la primera piteada despertaba realmente.

El otoño pasado intenté controlar el impulso, demorar el mayor tiempo posible el primer cigarro del día. El resultado fue desastroso. Me quedaba en la cama hasta las once y media, desanimado, y a las once y treinta y uno cumplía con la primera bocanada.

Es el día número veintiuno del tratamiento –y séptimo sin fumar. Las nubes garabatean el cielo.

*

Los cigarros son los signos de puntuación de la vida.

*

Paso la tarde leyendo *Migraña*, el ensayo de Oliver Sacks. De entrada advierte que no hay tratamientos infalibles. En la mayoría de los casos los enfermos se convierten en peregrinos que van de médico en médico y de remedio en remedio. Eso soy, desde hace ya demasiados años.

El libro demuestra que la migraña es interesante y que no está exenta de belleza (la belleza que late en lo inexplicable). Pero de qué sirve saber que uno sufre una enfermedad bella o interesante.

Sacks dedica pocas páginas a la variante de migraña que yo padezco (a *mi* migraña), que es la más salvaje de todas, pero no la más común. Los nombres de la mía son neuralgia de migraña, dolor de cabeza histamínico, cefalea de Horton, migraña en cluster, en salvas, en racimos. Pero mucho más revelador es el sobrenombre: *suicide headache*. Ese es el impulso que sobreviene durante las crisis. No son pocos los enfermos que intentan mitigar el dolor dando cabezazos contra la pared. Yo lo he hecho.

Duele un lado de la cabeza, específicamente la zona que cae bajo la influencia del nervio trigémino. Es una sensación trepidante acompañada de fotofobia, fonofobia, lagrimeos, sudoración facial, congestión nasal, entre otros síntomas. Memorizo las cifras, recito las estadísticas: sólo diez de cada cien mil personas sufren migraña en racimos. Y ocho o nueve de esas diez personas son hombres.

Los ciclos, los racimos, se desatan sin motivaciones aparentes, y duran de dos a cuatro meses. El dolor surge incontrolable, sobre todo durante la noche. Sólo cabe resignarse. Hay que aceptar con buena cara la variedad de consejos, todos inútiles, que los amigos nos dan. Hasta que un buen día desaparecen —los dolores, no los amigos, aunque algunos amigos también se hartan de nuestros dolores de cabeza, pues durante esos meses nos ausentamos, nos concentramos inevitablemente en nosotros mismos.

La felicidad de volver a ser normales puede durar uno o dos años. Y cuando ya creíamos que nos habíamos curado del todo, cuando pensábamos en las jaquecas como se piensa en un antiguo enemigo al que incluso llegamos levemente a valorar, a querer, el dolor vuelve, primero con timidez y luego con su habitual insolencia.

Recuerdo un capítulo en que Gregory House trata a un paciente aquejado de cluster directamente con hongos alucinógenos. «Nada más da resultado», dice House, para escandalizar a su equipo médico. Pero tampoco los hongos funcionaron conmigo. Ni dormir sin almohada, ni hacer yoga, ni recibir con avidez las agujitas de acupuntura. Ni repasar la vida entera al compás del psicoanálisis (y descubrir muchas cosas, algunas de ellas funestas, pero ninguna que ahuyente el dolor). Ni dejar el queso, el vino, las almendras, los pistachos. Ni consumir una farmacia y media de agresivos medicamentos. Nada de eso me ha librado del despunte insidioso y repentino de los dolores. Lo único que no había probado era esto, dejar de fumar. Y claro, para más remate, Sacks dice que no hay pruebas sobre la relación entre las migrañas y el cigarro. En el momento en que subrayé ese pasaje sentí vértigo y desesperanza.

Lo que más me inquieta es que estoy en plena tregua de la enfermedad. Que puedo dejar de fumar y creer que todo está bien, y lo mismo comenzar un racimo dentro de un año. Mi neurólogo, en cambio, está seguro. Estudió siete años medicina general, después otros tres para sacar la especialidad, y todo para terminar diciéndome esto: que fumar es dañino para la salud.

*

Día veintiséis del tratamiento, día veintiséis menos catorce sin fumar.

Además de una náusea leve que desaparece pronto, no he experimentado molestias mayores. Acabo de repasar la lista de efectos secundarios, y nada. Apenas dos «dolores» de cabeza –estoy en contra de las comillas irónicas, pero es que casi no dolían, nada que ver con mis racimos. Qué dolores tan ridículos esos que se quitan con aspirina. No los respeto.

Según el prospecto del Champix, además de las náuseas y cefaleas pueden sobrevenir sueños anormales, insomnio, somnolencia, mareos, vómitos, flatulencias, disgeusia, diarrea, constipados y dolor abdominal. Lo de los sueños anormales no me inquieta, porque mis sueños nunca han sido normales. Pero me aproblema eso de somnolencia e insomnio, que es como decir amor y odio. La disgeusia me encanta (alteración del gusto). Me encantaría excusarme de algo alguna vez diciendo «lo siento, tengo disgeusia». Qué suprema elegancia.

También están esos rumores sobre el Champix que suelen figurar en las páginas de ciencias y a los que no doy crédito, porque no creo en las páginas de ciencias. Qué tremendo embuste, las páginas de ciencias: el lunes informan de importantes estudios de prestigiosas universidades sobre las cualidades del vino o de las almendras y el miércoles dicen que hacen mal. Recuerdo ese artefacto de Parra: «El pan hace mal / Todos los alimentos hacen mal.» Es como con los horóscopos: la semana pasada decía lo mismo el lunes para Libra y el sábado para Piscis.

Como sea, el rumor dice que mucha gente que toma Champix comienza a tener pensamientos suicidas. Veo en Internet que en el lapso de un año se registraron 227 intentos de suicidio, 397 trastornos de psicosis, 525 conductas violentas, 41 casos de pensamientos homicidas, 60 de paranoia y 55 de alucinaciones. Nada de eso me lo creo.

Mi gran problema hasta aquí han sido las manos. No sé qué hacer con las manos. Me aferro a los bolsillos, a las barandas, a las mejillas, a las bolsitas de embalaje, a los vasos. Sobre todo a los vasos: ahora me emborracho más rápido, lo que no es un problema, pues cuento con la comprensión de los demás.

Me molesta esa aprobación unánime a lo que algunos llaman –cigarro en mano– mi valiente decisión. Te admiro, me dijo hoy una persona horrible, y agregó, con un estudiado gesto sombrío: Yo no podría.

*

¿Estás fumando?
No, mamá. Estoy rezando.

*

Es el día treinta y cinco del tratamiento, día veintiuno sin fumar.

Almorcé con Jovana, en el centro. No puede creer que haya dejado de fumar. Ella fuma con tanta alegría que me da envidia, aunque debo admitir que secretamente ha nacido en mí una cierta satisfacción, que en todo caso es ambigua, porque no he realizado ningún esfuerzo: el remedio, simplemente, me invadió.

Somos la única minoría que nadie defiende, me dijo Jovana riendo e impostando esa voz cálida y gruesa que tiene, esa voz de fumadora. Enseguida agregó, como si hablara en nombre de todos los fumadores del mundo: Contábamos contigo.

Después me dijo que le era imposible recordar a su padre, muerto hace poco, sin un cigarro en los labios. El hombre a veces salía muy temprano, intempestivamente, y cuando le preguntaban adónde iba, respondía, energizado:

¡A matar la mañana, pues! Qué sabiduría tan grande, pienso. Caminar, caminar y fumar para matar la mañana.

Pienso que estoy reeducándome en algún aspecto desconocido de la vida.

Releo o remuevo unos archivos viejos y encuentro esta anotación de hace un año: «Tengo una herida en el índice de la mano derecha que no me deja fumar bien. Todo lo demás ok.»

*

Lo que para un fumador es verosímil, para un no fumador es literatura. Ese grandioso cuento de Julio Ramón Ribeyro, por ejemplo: el fumador arrojándose desesperado por la ventana para rescatar una cajetilla, o años después, enfermísimo, bajando a diario a la playa sólo para desenterrar, con la destreza de un perrito ansioso, los cigarros escondidos en la arena. Los no fumadores no entienden esas historias. Las creen exageradas, las ven con displicencia. Un fumador, en cambio, las atesora.

«¿Qué sería de mí si no se hubiera inventado el cigarrillo?», escribe Ribeyro en 1958, en una carta a su hermano: «Son las tres de la tarde y ya he fumado treinta.» Luego explica que para él escribir es «un acto complementario al placer de fumar». Y en un mensaje posterior se despide con enorme consecuencia: «Me queda un cigarrillo, por lo tanto doy por terminada esta carta.»

Yo podía fumar sin escribir, desde luego, pero no podía escribir sin fumar. Por eso me asusta, ahora, la posibilidad de dejar de escribir. Lo único que he podido hacer estos días ha sido continuar tímidamente estas anotaciones.

*

Acabo de llegar a Punta Arenas. Pude leer, por primera vez, en el avión. Empecé a viajar ya grande, nunca estuve en un vuelo donde se pudiera fumar, y si no podía fumar tampoco podía leer. Me ponía nervioso la presencia
de ceniceros en los asientos.

Me acordé de esa frase brillante y tajante de Italo Sve-
vo: «Leer una novela sin fumar no es posible.»

Pero se puede, sí. No recuerdo nada de lo que leí, sin
embargo. Leí mal. No sé si leí mal una novela buena o leí
bien una novela mala. Pero leí, se puede.

Cerré el archivo, omitiendo la recaída. Qué maravilloso, mentirle al diario, huevón. Tengo que consignarla.
Fue en el cementerio de Punta Arenas. Mi mayor deseo
era ir allí y recordar el poema de Lihn que habla de «una
paz que lucha por trizarse». Es la impresión que queda
después de mirar los cipreses («la doble fila de obsequiosos
cipreses»), los inspirados mausoleos, las tumbas para ange-
litos, las lápidas en lengua extranjera, los minuciosos ni-
chos, las flores milagrosamente frescas. Miré el mar mientras Galo Ghigliotto jugaba con unos bloques de hielo en
el bebedero y Barrientos aprovechaba para visitar las tumbas de sus familiares. Nos fuimos caminando en silencio.
Pensaba en esa paz que decía Lihn, esa paz que lucha por
trizarse. Y de repente, como si nada, le pedí a Galo un cigarro y recién a la cuarta o a la quinta piteada recordé que
había dejado de fumar. Sólo entonces sentí el amargor, un
rechazo enorme. Lo terminé, pero con esfuerzo.

Realmente ya no fumo, pienso.
Realmente ya no pienso, fumo.

El remedio no me deja fumar.

*

Día cuarenta / veintiséis.

Llevo el libro de Sacks en el bolso, subrayado, dispuesto a demostrarle al doctor que nada indica que haya una relación entre fumar y padecer migrañas en cluster. «Es entretenido Sacks», me responde el neurólogo. Pero no está seguro de haberlo leído. Le hago ver la contradicción en lo que acaba de decir. Que cómo sabe entonces que Sacks es entretenido. No me escucha. Me vuelvo agresivo. Antes los doctores leían, le digo, los doctores de antes eran cultos.

No parece ofenderse, pero me mira como alguien miraría a un extraterrestre. Alguien como el doctor, no como yo –nunca miraría a un extraterrestre de esa manera tan obviamente sorprendida.

Le ofrezco prestarle el libro de Sacks, no lo acepta. Ahora sí se enoja. Me sermonea como a un niño. Perora contra el cigarro con tanto énfasis y yo siento que está pelando a alguien muy querido, a alguien que no merece que lo difamen. Pero lo que más deseo en el mundo es que ya nunca más me duela la cabeza de esa forma horrible. Seguiré el tratamiento, claro que sí. Tengo fe.

Me acuerdo de esos versos que le gustaban a Sergio, creo que de un poema de Ernst Jandl: «El doctor me ha dicho / que no puedo besar.» A mí el doctor me ha dicho que no puedo fumar.

*

Más o menos a los once años me volví, de forma casi simultánea, un lector voraz y un fumador bastante promisorio. Luego, en los primeros años de universidad, construí un vínculo más estable entre la lectura y el tabaco. En ese tiempo Kurt leía a Heinrich Böll, y como lo único que yo hacía era imitar a Kurt para tratar de ser su amigo, me conseguí *Opiniones de un payaso*, una novela muy bella y amarga en la que los personajes fumaban todo el tiempo, yo creo que en todas las páginas o página por medio. Y cada vez que encendían sus cigarros yo prendía los míos, como si esa fuera mi manera de participar en la novela. Tal vez a eso se refieren los teóricos literarios cuando hablan del lector activo, un lector que sufre cuando los personajes sufren, se alegra con sus alegrías y fuma cuando ellos fuman.

Seguí leyendo a Böll con la certeza de que cada vez que alguien fumara en sus novelas yo también lo haría. Y creo que en *Billar a las nueve y media*, y en *Y no dijo ni una palabra*, y en *Casa sin amo*, las siguientes novelas de Böll que leí, también fumaban demasiado, aunque no estoy seguro. Fue entonces cuando me volví un fumador compulsivo. Un fumador, para decirlo con precisión, profesional.

No soy tan estúpido como para decir que me volví un fumador profesional por culpa de Heinrich Böll. No: fue gracias a él. Qué frívolo debe sonar todo esto. Gracias a esas novelas comprendí mejor mi país y mi propia historia. Esas novelas me cambiaron la vida. ¿Pero podré volver a leerlas sin fumar?

Por lo demás, en un venerable pasaje de su *Diario irlandés,* el propio Böll dice que le sería imposible ver una película si en los cines no se pudiera fumar. Querido amigo muerto, no sabes cuántas veces, debido a los deseos de fumar, he abandonado la sala a la mitad de la película.

*

Quincuagésimo / trigésimo sexto.

Tardaba dos cigarros desde mi casa al salón de pool. En 1990, a los catorce años. Dos cigarros, el primero al salir de casa, seguido de un intervalo, después el segundo, que terminaba justo antes de entrar al pool de Primera Transversal, donde encendíamos otro que no era el tercero, sino el primero de una larga jornada de palos y carambolas. En todo instante había un cigarro prendido equilibrándose en los labios de alguno de nosotros. (Recuerdo esa expresión, me gusta: «Calma y tiza.» Necesito calma y tiza.)

También el tenis: me demoraba dos cigarros y medio en llegar a la casa de mi primo Rodrigo y luego uno más hasta un descampado donde alguien generoso o despistado había instalado una malla. Cada tanto nos deteníamos para fumar y recuerdo que varias veces fumábamos mientras jugábamos. Él siempre me ganaba al tenis y yo siempre le ganaba en el deporte extremo de fumar.

*

Nueva recaída, anoche, en Buenos Aires, asociada a mi nueva cordialidad.

Mi nueva cordialidad consiste en acercarme demasiado a las personas, al estilo de esos seres que te abrazan inesperadamente. O sea que imito a gente a la que siempre he despreciado. En eso me estoy convirtiendo. Ahora sofoco la ansiedad expresando sentimientos prematuros, pero tampoco es que me abalance sobre cualquiera. Me acerco a gente abrazable, a gente que, proyectando las impresiones actuales, merecería ese contacto. Mi gesto no es, en propiedad, un abrazo, sino un ademán leve acompañado de indignas risas nerviosas.

Estábamos con Maizal, Matón, Libertilla, Merlán, Capella, Valeria y varios recién conocidos que a poco andar ya consideraba nuevos y duraderos amigos. Además de la cerveza —puedo tomarla de nuevo, después de achacarle injustamente, durante años, las migrañas: el problema es que no me gusta tanto—, había un factor importante para mi euforia: la alegría del turista, la bendición de estar de paso. Desde ese cómodo margen seguí las discusiones terribles de *la interna* literaria. Se enfrentaban, se daban duro, apelaban a principios difusos y sin embargo legítimos, aunque milagrosamente primaba una cierta armonía o camaradería. Yo agradecí la hospitalidad obedeciendo: anoté los títulos de todos los libros que me recomendaron en una servilleta —que al final, en un descuido lamentable, me llevé a la boca—, comí unas grasas atroces y asumí cada sorbo de cerveza con urgencia.

De pronto sobrevino un interés por mi proceso, y me vi explicando, en mi torpe dialecto chileno, que dejé de fumar no por opción sino por prescripción médica, debido a las migrañas. Fue extraño que nadie en la mesa manifestara padecer o haber padecido migrañas, que es el desvío natural de la conversación. Noté que se fijaban demasiado en mi forma de hablar, pero por fortuna el crítico rosarino o cordobés —un tipo hosco y a la vez agradable que hasta entonces había participado de forma discontinua en la conversación: a veces parecía interesado, pero el resto del tiempo nos observaba con un rictus de desprecio– me miró con sus brillantes ojos de loco y me dijo haceme el favor de volver a fumar, chileno. Maizal lo apoyó, Matón lo secundó, también Libertilla y pronto todos gritaron dale, dale, chileno, volvé a fumar, hacelo por Chile.

Obedecí. Me bastó una pequeña viñeta para agarrar, encender y probar un Marlboro rojo. Sabía horrible pero ya el segundo me gustó más. Mi concesión restituyó la normalidad y el rosarino –que quizás era cordobés o salteño– comenzó un relato sobre su experiencia como participante en sesiones de sexo grupal. En algún momento pensé que su objetivo verdadero era llevarnos a todos a la cama, pero sólo deseaba orear un rato su intimidad. Muy pronto, como concretando un guión caprichoso, volvió a su naturaleza de conversador inconstante.

El último cigarro de anoche fue para acompañar un par de whiskies que me convidó Pedrito Maizal en el bar del hotel. Desperté a mediodía, apenas con tiempo para hacer la maleta y partir a Ezeiza. La temida resaca era doble; por primera vez distinguí las capas, los niveles de la resaca. La borrachera del alcohol ha sido llevadera, pero la caña de los ocho o nueve cigarros persiste. Acaso el medicamento prolonga, con espíritu aleccionador, la sensación de asco. En adelante procuraré mantener a raya mi nueva cordialidad.

*

Caminando por Agustinas esta mañana, vi a un hombre aproximadamente de mi edad y de mi altura y también de mi color que venía fumando.

Por una milésima de segundo pensé que era extraño que llevara en la boca *eso*. La bocanada fue muy larga, como en cámara lenta.

De pronto quise absorber o devorar su rostro. Sentí extrañeza y después rechazo. Ese hombre me era repulsivo. Más tarde –pronto, de inmediato, pero más tarde–, comprendí que la repulsión se debía a la enorme semejanza que nos hermanaba.

Encuentro solamente parecidos, salvo cuatro diferencias bastante obvias: el color del pantalón (yo nunca usaría prendas de ese tono llamado barquillo), un aro en forma de garfio que colgaba de su oreja izquierda, mi barba incipiente versus su cara despejada y, bueno, la importante presencia en su boca de ese cigarro que antes yo también tenía.

*

Leo en una contratapa de Fogwill:

«Navegué mucho, planté unos pocos árboles y crié cuatro hijos. Mientras termino de corregir los textos que integran esta edición, aguardo el nacimiento del quinto. Pensar al sol, navegar y generar hijos y servirlos son las actividades que mejor me sientan: confío en seguir repitiéndolas.»

Luego recuerdo ese texto de Nicanor Parra, «Misión cumplida»:

Árboles plantados	17
Hijos	6
Obras publicadas	7
Total	30

No cometeré la estupidez de repasar mi vida en esos términos. Pero ayer, en la oficina, con la Jovana, jugando con el Excel, terminamos sumidos en una peligrosa contabilidad. Ahora tengo el cálculo aproximado de cuántos cigarros fumé en la vida. Y de cuánto dinero gasté. Llevo este cuaderno con una cierta intención terapéutica, pero no me atrevo a anotar aquí esas cifras. Me da vergüenza. Pero es verdad: sumando el dinero mensual acumulo una especie de dividendo que llevo décadas pagando. O sea que soy una persona que ha preferido fumar a tener una casa. Soy alguien que se ha fumado una casa.

*

Nueva recaída. Los detalles no importan. Estaba desesperado y fumar no solucionó el problema (porque el problema no tiene solución). De nuevo sentí asco, pero al menos el asco consiguió distraerme.

*

Otra recaída: prolongación de la anterior, en realidad. Semimigraña que no pude apagar con los remedios antiguos. No creo que sea en racimos, el dolor era distinto. Además me duele la garganta y el estómago y todo el cuerpo.

«Se le está quemando el tabaco en la punta del cigarro», decía un personaje de Macedonio.

*

Día no sé cuál del año dos mil nunca.

Recuerdo cuando vivía en una habitación perdida en Vallecas, en la calle La Marañosa, compartiendo piso con tres guardias de seguridad españoles (dos hombres y una mujer muy embarazada, que trabajaba en Barajas) y un ex policía argentino que buscaba su suerte. Una mañana en que tenía fiebre y estaba casi completamente afónico, encendí un rasposo Ducados, miré por la ventana y recité en voz alta, como en un grito moderado y emocionante, el poema de Enrique Lihn sobre Madrid:

> No sé qué mierda estoy haciendo aquí
> viejo, cansado, enfermo y pensativo.
> El español con el que me parieron
> padre de tantos vicios literarios
> y del que no he podido liberarme
> puede haberme traído a esta ciudad
> para hacerme sufrir lo merecido:
> un soliloquio en una lengua muerta.

Era como si saludara a todos y a nadie desde un balcón, vengándome de la ciudad, pero de algún modo, también, a mi manera, cortejándola. Pienso que ese Ducados está en la lista de mejores cigarros de mi vida.

*

«Oscuridad fumada con empeño», dice un poema de R. Merino. La imagen es exacta: la última lumbre, levantando la cabeza para evitar derramar ese fuego escaso, o el

131

desastre mayor de manotear la frazada como un ciego, sin saber nunca si hemos apagado la brasa solitaria. El peligro de hacer un Clarice Lispector.

Otro endecasílabo, también de Merino, compasivo: «No queda otro cigarro que el que fumas.» Onetti en la cama sin cigarros, furioso, malhumorado, escribiendo «El pozo». Qué existencialismo ni qué ocho cuartos: falta de tabaco. «He fumado mi cigarro hasta el fin, sin moverme.»

Dejé de fumar debido a las migrañas, pero quizás no fue el motivo principal. Lo que pasa es que soy cobarde y ambicioso. Soy tan cobarde que quiero vivir más. Qué cosa más absurda, realmente: querer vivir más. Como si fuera, por ejemplo, feliz.

Ya me terminé las pastillas, ya pasó el día noventa. Y dejé de contar los días. Ya no fumo. Ahora lo digo con seguridad, incluso. No, no fumo. Tengo ganas de fumar, pero son ganas ideológicas, no físicas.

Porque la vida sin cigarro no es mejor. Y las migrañas regresarán tarde o temprano, fume o no fume.

*

«Dolor de cabeza violento, pero bastante feliz», anota Katherine Mansfield en su diario. ¿Se refiere a un dolor violento pero menos que lo habitual, y por eso placentero? No entiendo.

Jazmín Lolas entrevista a Armando Uribe:

«–¿Nunca ha temido que el cigarro lo mate?

»–Me da lo mismo, oiga, porque no soy partidario de que los seres humanos, en promedio, vivamos tantos años.»

*

La superventas mexicana Fernanda Familiar –estrella de la televisión, bloguera y comadre de Gabriel García Márquez– se pasea por la Feria del Libro de Lima con un cigarro electrónico. Es el nuevo invento para dejar de fumar y por ahora el producto que más deseo. No lo venden en la feria, lamentablemente, y dicen que es caro. Y además ya dejé de fumar. Qué idiotez, ahora ni siquiera puedo intentar dejar de fumar. No sólo dejé de fumar, también dejé de intentar dejar de fumar.

Por doscientos soles –aproximadamente siete pisco sour dobles, tamaño catedral– compro primeras ediciones de *Agua que no has de beber,* de Antonio Cisneros, y *Los elementos del desastre,* de Álvaro Mutis, hallazgos casuales que justificarían cualquier viaje. Pero no los leo. Parece que ya no me gustan los libros.

*

Debería decir, copiándole a Pessoa: «Llegué a Santiago, pero no a una conclusión.»

Ayer unas personas me preguntaron cuál era, para mí, el gran problema de la literatura chilena. Ya es bastante absurdo que en una conversación de pasillo pueda darse una pregunta como esa. Las conversaciones de pasillo, por lo demás, siempre fracasan, o al menos así se me presentan

133

la mayoría de las veces: como simples promesas de dispersión. Pero respondí, con seguridad, que el problema de la literatura chilena era la costumbre de escribir *cigarrillo* en lugar de *cigarro*. En Chile nadie dice cigarrillo, decimos cigarro, argumenté, como golpeando una mesa imaginaria, pero los escritores chilenos escriben cigarrillo, y al final agregué esta frase absolutamente demagógica: Yo soy de los que escriben cigarro.

La frase tuvo un efecto inmediato. Parecieron aprobarla, pero la conversación decayó.

Nunca terminan bien las conversaciones entre más de cuatro personas, en especial si tienen lugar en un pasillo. Debo aceptar, eso sí, que estoy deprimido y un poco irritable. Me desagrada mi comportamiento.

*

La noche pasada de largo, como se dice. Noches sin dormir, leyendo o escribiendo, y el tedio ante el cenicero repleto. Casi de madrugada las colillas iban a la borra del café: siempre el último hasta llenar el pozo. Una especie de horrendo alfiletero que recuerdo, ahora, con nostalgia.

¿Qué edad tenía cuando leí *La conciencia de Zeno?* Yo creo que veinte o veintiuno. Pocas veces me he reído tanto, aunque en ese tiempo yo pensaba que con los libros no había que reírse. «Puesto que me hace daño, no volveré a fumar nunca, pero antes quiero hacerlo por última vez.»

«Ahora todo es infinitamente más fome», me confesó Braithwaite, hace dos años, cuando pasó por el Champix. Se veía desvalido, un cachorro entumido ladrándole al abismo. Luego me dijo que sin fumar ningún libro era bueno, que ya no disfrutaba leyendo. Meses después volví a verlo y se veía tan guapo cuando encendió un cigarro y me dijo, mirándome a los ojos: «Estoy rehabilitado.» Aquella tarde mi amigo me habló sobre autores fabulosos que acababa de descubrir, sobre novelas impensadas y poemas geniales. Había recuperado la pasión, la malicia y el decoro. Y el amor a la vibración de su propia voz. Y la belleza.

Hoy, en algún momento, sentí lo siguiente: un alivio huérfano. Y acepté que es verdad, que todo es infinitamente más fome. La literatura, sin duda. Y la vida, sobre todo.

Soy alguien que no fuma debido al efecto invasivo de un químico que le estropeó el ánimo y la vida. Soy alguien que ya ni siquiera sabe si va a seguir escribiendo, porque escribía para fumar y ya no fuma, porque leía para fumar y ya no fuma. Uno que ya no inventa nada. Que anota lo que le pasa, como si pudiera interesarle a alguien saber que tengo sueño, que estoy borracho y que detesto con toda mi alma al Rafa Araneda.

Pillo de construcción: en los salones de pool pasa siempre que alrededor de alguna mesa no hay espacio suficiente y no podemos acomodarnos bien para apuntar a la bola. Eso se llama pillo de construcción.

Así es mi vida ahora.

Anoche escribí este comienzo de tango:

> Triste y tranquilo
> ya nada espero
> tal vez un día
> sin nubes ni sol.
> Con calma miro

        el cenicero
        mi voz vacía
        de luz y de amor.

Me gusta la imagen del cenicero vacío, como nunca, como ahora: incomprensiblemente vacío.

*

Los cigarros son los signos de puntuación de la vida. Ahora vivo sin puntuación, sin ritmo. Mi vida es un tonto poema de vanguardia.

Vivo sin cigarros al empezar la pregunta. Cigarros que terminaban cuando nos acercábamos peligrosa o felizmente a una respuesta. O a la ausencia de una respuesta.

Los cigarros de exclamación. Los suspensivos. Quisiera fumar con la elegancia de un punto y coma.

Vivir sin música, en una continuidad insoportable, sin el regreso ni la aproximación de una frase que se acerca y se distancia.

Leo a Richard Klein y pienso que debería celebrar sus frases fumando. Tiene toda la razón. «Fumar induce formas de satisfacción estética y estados de conciencia reflexiva que pertenecen a las variedades de experiencia artística y religiosa más irresistibles», dice.

En mis primeros recuerdos musicales está esa canción de Roque Narvaja de hermoso estribillo: «Espero despierto la mañana / fumándome el tiempo en la cama / llenando el espacio con tu cara / canela y carbón.» Entonces, a los seis o siete años, me impresionaba la imagen de un hombre fumándose el tiempo. Seguro que entonces fue la primera vez que asocié fumar al paso del tiempo.

Qué buena canción era esa: «Por las calles de mi vida / voy mezclando la verdad y la mentira.» Me gusta cuando el tipo dice «he dejado de beber / y como tu fruta preferida».

Y es cierto que voy mezclando, por las calles de mi vida, la verdad y la mentira. Lo de la fruta preferida, ni siquiera sé cuál es la mía. En ningún caso esa cosa asquerosa que a la vista es similar a la sandía y que en México, Colombia y Ecuador y creo que también en Venezuela se llama papaya pero que no se parece en nada a la papaya chilena (dicen que es la misma fruta, pero me cuesta creerlo. Y no quiero mirar en Internet). No he dejado de beber –debería– pero hace cinco meses dejé de fumar y eso me ha convertido en una persona muchísimo más sana y menos alegre.

Abro el suplemento y leo «Navidad solitaria» donde dice «Navidad solidaria». Tampoco sé por qué hablan sobre la Navidad, si falta tanto.

Pienso que nos encaminamos a un mundo de mierda donde todas las canciones las canta Diego Torres y todas las novelas las escribe Roberto Ampuero y en todas las películas actúa Robin Williams. Un mundo donde es mejor ni siquiera pensar en el postre porque lo único que hay es una fuente inmensa repleta de nauseabundo arroz con leche.

*

Soy un corresponsal, pero me gustaría saber de qué.

No quiero que llegue el día en que alguien diga de mí: «Está acabado. Ya ni siquiera fuma.»

Ha sido absurdo este tratamiento.

He ganado una satisfacción muy falsa. Debo aprender, de nuevo, a fumar.

Puesto que me hace daño, no volveré a fumar nunca, pero antes quiero hacerlo por última vez. Uno más. Mil más. Voy a fumar solamente mil más. Los últimos mil cigarros de mi vida.

No sé si cierro o si abro paréntesis.

Ahora:

III

GRACIAS

Me late que son novios y no quieren decirlo –no somos novios, responden al unísono, y es verdad: desde hace
poco más de un mes duermen juntos, comen, leen, trabajan juntos, y por eso alguien exagerado, alguien que los
mirara y repasara cuidadosamente las palabras que se diri-
gen, el modo en que sus cuerpos se acercan y confunden,
alguien impertinente, alguien que todavía creyera en esas
cosas diría que se quieren de verdad, o que al menos comparten una pasión peligrosa y solidaria que ha llegado a
acercarlos solidaria y peligrosamente. Y sin embargo no
son novios, si hay algo que ambos tienen claro es justamente eso –ella es argentina y él chileno y es mejor, es
muchísimo mejor, en adelante, llamarlos así, la argentina
y el chileno.

Pensaron en ir caminando, hablaron sobre lo agradable que es recorrer grandes distancias caminando, e incluso dividieron a las personas entre las que nunca caminan
grandes distancias y las que sí lo hacen, y que por eso son,
de alguna manera, mejores. Pensaban ir caminando pero
en un impulso detuvieron un taxi, y sabían desde hacía
meses, desde antes de llegar al DF, cuando recibieron un

instructivo lleno de advertencias, que nunca debían tomar un taxi en la calle, pero esta vez lo hicieron, y a poco andar ella pensó que el conductor se desviaba del camino y se lo dijo al chileno en voz baja y él la tranquilizó en voz alta, pero sus palabras ni siquiera alcanzaron a hacer efecto porque de inmediato el taxi se detuvo y se subieron dos hombres y el chileno actuó valiente, temeraria, confusa, pueril, tontamente: le pegó a uno de los rateros un combo en la nariz y siguió forcejeando largos segundos mientras ella le gritaba *pará, pará, pará*. El chileno paró, los rateros se ensañaron y le pegaron duro, le rompieron algo tal vez, pero eso pasó hace mucho tiempo, hace ya diez minutos: ya les quitaron el dinero y las tarjetas de crédito, ellos ya recitaron la clave del cajero y queda un tiempo más bien corto que se les hace eterno en que viajan apretando los ojos –cierren los ojos pinches cabrones, les dicen los dos hombres, y ahora son tres porque el auto se detiene, el taxista baja y toma el volante un tercer ratero que venía detrás, en una camioneta, y el nuevo conductor le pega al chileno y manosea a la argentina, y ellos, que reciben los golpes y los agarrones con resignación, agradecerían saber que el secuestro terminará dentro de un rato, que dentro de un rato caminarán sigilosamente, laboriosamente, abrazados por alguna calle de La Condesa, porque les preguntaron adónde iban y respondieron que a La Condesa y los rateros dijeron los dejamos en La Condesa entonces, no somos tan malos, no queremos desviarlos demasiado del camino, y un segundo antes de que les permitieran bajarse, increíblemente, les pasaron cien pesos para que volvieran en taxi, pero por supuesto no volvieron en taxi, se subieron al metro y a veces ella lloraba y él la abrazaba y otras veces él aguantaba confusamente las lágrimas y ella le acercaba los pies como en el taxi, porque los secuestradores los obligaban a guardar distancia pero ella siempre tuvo su sandalia derecha encima del zapato izquierdo del chileno.

El metro se queda un rato largo, un lapso de seis o siete minutos detenido en una estación intermedia, como suele pasar en el metro del DF, y esa demora que es normal, que ellos conocen, sin embargo los angustia, les parece intencional e innecesaria, hasta que cierran las puertas y el carro arranca y por fin llegan a la estación y siguen caminando juntos para llegar a la casa donde ella vive con dos amigos, porque la argentina y el chileno no viven juntos, él vive con una escritora ecuatoriana, ella con un español y otro chileno, en verdad no son amigos, o lo son pero no es por eso que viven juntos, están todos de paso, son todos escritores y están en México para escribir gracias a una beca del gobierno mexicano, aunque lo que menos hacen es escribir, pero curiosamente cuando llegan y abren la puerta, el español, un chico flaco y cordial, con los ojos quizás demasiado grandes, está escribiendo, y el chileno dos no está —no queda más remedio que llamarlo el chileno dos, esta historia es imperfecta porque en ella hay dos chilenos, debería haber sólo uno, y mucho mejor sería que no hubiera ninguno, pero hay dos, aunque el chileno dos no está, el chileno uno y el chileno dos tampoco son amigos, en verdad son más bien enemigos, o lo eran en Chile, porque ahora coincidieron en México y ambos son, a su manera, consciente de que seguir peleando sería absurdo e innecesario, pues por lo demás las peleas fueron tácitas y nada les impedía ensayar una especie de reconciliación, aunque también ambos saben que no serán nunca amigos y ese pensamiento en cierta forma los alivia y los hermana, del mismo modo que los hermana el alcohol, porque de todo el grupo sin duda ellos dos son los más bebedores, pero el chileno dos no está cuando ellos llegan del secuestro, está solamente el español, en la mesa del living, absorto, escribiendo junto a una botella de Coca-Cola, se diría que abrazando una botella de Coca-Cola, y cuando le cuentan lo que ha sucedido abandona su trabajo y se muestra conmovido y los acoge, los hace hablar, matiza el ambiente con alguna broma oportuna y liviana, los ayuda a buscar el número de teléfono al que deben llamar para bloquear sus tarjetas —se quedaron con tres mil pesos, dos tarjetas de crédito, dos celulares, dos chaquetas de cuero, una cadena de plata y hasta con una cámara de fotos, porque el chileno se regresó a buscar la cámara de fotos —quería fotografiar a la argentina, porque la argentina es bellísima, lo que también es un cliché, pero qué se le va a hacer, de hecho es bellísima, y claro que ha pensado que si él no hubiera vuelto a buscar la cámara no habrían tomado ese taxi, del mismo modo que otras tantas posibles premuras o dilaciones podrían haberlos salvado del secuestro.

La argentina y el chileno le relatan al español lo que ha sucedido y al relatarlo lo reviven y por segunda o tercera vez lo comparten. El chileno se pregunta si lo que acaba de suceder va a unirlos o a separarlos y la argentina se pregunta exactamente lo mismo, pero ninguno de los dos lo dice. El chileno dos llega en ese momento, regresa de una fiesta, se sienta a comer un trozo de pollo y empieza a hablar de inmediato, sin darse cuenta de que algo ha sucedido, pero luego repara en que el chileno uno tiene la cara muy hinchada y que intenta aliviarse con una bolsa de hielo, tal vez al comienzo le pareció natural que el chileno uno tuviera una bolsa de hielo en la cara, tal vez en su singular universo de poeta es normal que la gente pase la noche con una bolsa de hielo en la cara, pero no, no es normal pasar la noche con una bolsa de hielo en la cara, entonces pregunta qué ha pasado y al enterarse dice qué cosa más terrible, a mí estuvo a punto de pasarme lo mismo esta tarde, y se larga a hablar sobre el posible asalto del que casi fue víctima, del que se salvó porque de un momento a otro decidió bajarse del taxi. Mientras conversan bajan un mezcal a sorbos rápidos, y el español y la argentina se devoran un porro.

Ahora llega alguien más, tal vez un amigo del español, y ellos vuelven al relato, sobre todo la última parte, la última media hora en el taxi, que para ellos es una especie de segunda parte, porque el secuestro duró una hora y durante la primera mitad temieron por sus vidas y durante la segunda ya no temían por sus vidas, estaban aterrorizados pero vagamente intuían que, durara lo que durara, los rateros no iban a matarlos, porque el diálogo ya no era violento, o sí lo era pero de una manera sosegada y retorcida —ya habíamos asaltado a argentinos pero nunca a un chileno, dice el que viaja de copiloto, y su comentario suena a verdadera curiosidad, y empieza a preguntarle al chileno sobre la situación del país y el chileno responde correctamente, como si estuvieran en un restaurante y fueran el mesero y el cliente o algo así, y el tipo suena tan articulado, tan acostumbrado a decir ese diálogo, que el chileno piensa que si llega a contar esa historia nadie va a creerle, y esa impresión se acentúa en los minutos siguientes cuando el que viaja con ellos en el asiento de atrás, el que lleva la pistola, dice me late que son novios y no quieren decirlo y ellos responden al unísono que no, que no son novios, y por qué pregunta el ratero —por qué no son novios si él no está tan feo, dice, es feo pero no tanto, y

145

estarías mejor si te cortaras ese pelo, es de los setentas, ya nadie usa el pelo así, le dice, y también esos lentes tan grandes, te voy a hacer un favor –le quita los anteojos y los arroja por la ventana, y el chileno piensa por un segundo en una película de Woody Allen que acaba de ver en la que al protagonista le destruyen muchas veces los anteojos, el chileno sonríe ligeramente, tal vez sonríe hacia adentro, sonríe como se sonríe cuando sentimos pánico pero sonríe.

No puedo cortarte el pelo, porque no traemos tijeras, recuérdame eso para mañana, unas buenas tijeras para cortarles el pelo a los chilenos que nos toque asaltar, porque de ahora en adelante vamos a asaltar a puros chilenos, hemos sido injustos, hemos asaltado a muchos argentinos y solamente a este chileno de la chingada, de ahora en adelante nos haremos especialistas en chilenos de pelo largo, tengo un cuchillo pero no se puede cortar el pelo con un cuchillo, los cuchillos son para cortarles los huevos a los pinches chilenos, tu novio tiene huevos pero los que tienen huevos a veces los pierden, no más dile que ya no tenga huevos, porque por tener huevos estuve a punto de querer cogerte, argentina, y si no te cojo no es porque no me gustes, que estás bien buena, de todas las argentinas que he conocido eres la que está más buena, pero ahora ando trabajando y cuando cojo no trabajo porque si mi trabajo fuera coger sería un puto y aunque no me ves la cara tú sabes que no soy un puto, y me gustaría que me vieras la cara paque te dieras cuenta que soy un ratero hermoso que además sabe cortar el pelo aunque no trae tijeras y con el cuchillo no puedo cortártelo, chileno, te puedo cortar la verga pero la necesitas para cogerte a la argentina, y con esta pistola tampoco puedo cortarte el pelo o quizás sí, pero perdería las balas y las necesito por si te vuelven los huevos y ahí sí que me cogería a la argentina, después de matarte a ti, chilenazo, me cogería a tu novia, porque no pensaba matarte pero te mataría y no pensaba cogérmela pero me la cogería, porque está realmente buena, porque está para el mejor taibol del DF, yo te elegiría, argentinita, cuando vaya a putear pediré a la que más se parezca a ti, argentinaza.

El conductor le pregunta a la argentina si es de Boca y aunque parecía más conveniente decir que sí, ella, que es de Vélez, prefiere decir la verdad. Con el chileno no hay problema, es de Colo Colo, que es el único equipo chileno que los rateros conocen. Les preguntan después por Maradona y la argentina responde algo y el conductor dice un disparate, dice que Chicharito Hernández es mejor que Messi, y enseguida les preguntan a qué equipo le van en México y la argentina dice que no entiende mucho de fútbol –es mentira, porque entiende bastante, entiende bastante más que ese pobre ratero que cree que Chicharito es mejor que Messi, y el chileno en vez de refugiarse en una mentira parecida se pone nervioso y piensa intensamente, durante un segundo largo, si los rateros son de los Pumas o del América o del Cruz Azul o tal vez de las Chivas de Guadalajara, pues ha oído que también en el DF muchos le van a las Chivas, pero decide al final decir la verdad y responde que le va al Monterrey porque ahí juega el Chupete Suazo, y al conductor no le gusta el Monterrey pero le encanta el Chupete Suazo y entonces dice, dirigiéndose a sus compañeros, no los matemos, en homenaje al Chupete Suazo vamos a perdonarles la vida.

Quién es el Chupete Suazo, pregunta el chileno dos, que seguramente lo sabe pero se siente obligado a demostrar que no le interesa el fútbol. Debería responder el chileno uno, pero el español sabe bastante de fútbol y dice que es un centrodelantero chileno que parece gordo y lento pero no lo es, que juega en los Rayados y que tuvo un paso exitoso cedido al Zaragoza, pero regresó a México porque los españoles no tenían los euros que costaba su fichaje. El chileno dos responde que a él le pasa lo mismo, que en verdad es flaco pero la gente piensa que está gordo.

El chileno uno y la argentina siguen muy cerca, pero de forma prudente, pues aunque todos saben o intuyen que están juntos, de todas maneras fingen y desarrollan una estrategia para que no los descubran, y no es exactamente por pudor, sino por desesperanza, o quizás porque ya pasó el tiempo en que las cosas eran tan simples como estar juntos o no, o quizás todo sigue siendo así de simple pero no han querido enterarse, y es bastante absurdo que no vivan juntos porque duermen juntos, porque leen y trabajan, porque comen y duermen juntos –casi siempre es él quien se queda a dormir con ella, pero también a veces la argentina se queda en el departamento que el chileno comparte con la chica ecuatoriana. Lo que el chileno y la argentina desean es estar solos, pero la noche se alarga en el rastreo de detalles que no recordaban y que al recordarlos les proporcionan una nueva y renovada complicidad. Finalmente él dice que va al baño y se mete a la habitación de la argentina, quien se queda un rato más en el living y al cabo se retira.

Ella toma una ducha larga y lo obliga también a tomar una, para sacarse de encima el secuestro, dice, pensando en los manoseos de que fue objeto, manoseos en todo caso mínimos, ella lo agradece, de hecho eso les dijo a los rateros cuando se bajó del auto: gracias. Eso ha dicho ella muchas veces esta noche: gracias, gracias a todos. Al español que los acogió, al chileno que los ignoró pero que en alguna medida también los acogió. Y a los rateros, de nuevo, no está de más volver a decirlo: gracias, porque no nos mataron y la vida puede continuar.

También le da las gracias al chileno uno, mientras se acarician sabiendo que esta noche no harán el amor, que van a pasarse las horas muy juntos, peligrosamente juntos, solidarios, conversando. Antes de dormir ella le dice a él gracias y él responde a destiempo pero con convicción: gracias. Y duermen mal, pero duermen. Y siguen hablando al día siguiente, como si tuvieran toda la vida por delante, dispuestos al trabajo del amor, y si alguien los viera de fuera, alguien impertinente, alguien que creyera en esta clase de historias, que las coleccionara, que intentara contarlas bien, alguien que los viera y creyera todavía en el amor, pensaría que van a seguir juntos muchísimo tiempo.

EL HOMBRE MÁS CHILENO DEL MUNDO

para Gonzalo Maier

A mediados de 2011 ella ganó una Beca Chile y partió a Lovaina para un doctorado. Él daba clases en un colegio particular de Santiago, pero quería irse con ella y vivir una especie de «para siempre», y sin embargo, después de darle algunas vueltas, al final de una noche triste en que tiraron muy mal, decidieron que era mejor separarse.

Durante los primeros meses era difícil saber si Elisa de verdad lo extrañaba, aunque le enviaba toda clase de señales y él creía interpretarlas bien –estaba seguro de que esos largos mails y esos mensajes caprichosos y coquetos en el muro de Facebook, y sobre todo esas inolvidables tardenoches (tardes de él, noches de ella) de sexo virtual vía Skype sólo podían interpretarse de una manera. Lo natural era seguir así por un tiempo y de a poco enfriarse, olvidarse, y quizás, en el mejor de los casos, volver a verse alguna vez, dentro de muchos años, con otros fracasos en el cuerpo, ahora sí dispuestos a todo. Pero una ejecutiva del Banco Santander, sucursal Pedro Aguirre Cerda, le ofreció a Rodrigo una cuenta corriente y una tarjeta de crédito, y de pronto él se vio pasando de una pantalla a otra, marcando casilleros que decían «sí» y «acepto», ingresando los códigos B4, C9 y F8, y fue así como, a comienzos de enero, sin decirle a nadie –sin decirle a ella– partió a Bélgica.

No había un hilo, no había una constante en sus pensamientos durante el casi día entero que pasó viajando. En el avión a París se impresionó con las numerosas turbulencias, pero como había volado poco y nunca una distancia considerable, de algún modo agradecía la sensación de aventura. No llegó realmente a tener miedo y hasta se imaginaba diciendo, muy mundano, que el vuelo había sido un poco difícil. Llevaba un par de libros en la mochila, pero era la primera vez que viajaba en un avión con tantas opciones de entretenimiento, por lo que pasó horas decidiendo qué películas o series quería ver y finalmente no vio ninguna entera, pero en cambio jugó, con resultados sorprendentes, varias partidas de «Quién quiere ser millonario».

Mientras caminaba por el Charles de Gaulle a tomar el tren, tuvo el pensamiento más bien cómico o convencional de que no, de que no quería ser millonario, que nunca había querido ser millonario. Y esa idea nimia, circunstancial, un poco necia, lo condujo, quién sabe cómo, a una palabra despreciada, denigrada, que sin embargo ahora brevemente resplandecía o al menos brillaba un poco, o era menos opaca que de costumbre, o era opaca y seria y grande pero no lo avergonzaba: *madurez*. Siguió pensando eso en el tren de Bruselas a Lovaina. Inexplicablemente gastarse casi todo el cupo de su tarjeta en un pasaje a Bélgica para visitar a Elisa le parecía un signo de madurez.

¿Y qué pasó en Lovaina? Lo peor. Pero a veces lo peor es lo mejor. Hay que admitir que Elisa pudo ser más amable, menos cruel. Pero si hubiera sido más amable él quizás no habría entendido. Ella no quiso dejarle esa chance.

La llamó desde la estación, Elisa pensó que era una broma, pero empezó a acercarse mientras hablaban hasta que pudo verlo desde una esquina, a cien pasos, pero no se lo dijo, y él siguió hablando, sentado sobre la maleta, medio entumido y ansioso, mirando al suelo y después al cielo con una mezcla de confianza y de inocencia que a Elisa le pareció repulsiva –no lograba ordenar sus sentimientos, sus pensamientos, pero una cosa era segura: no quería pasar esos días con Rodrigo, ni esos ni otros, ningunos. Y quizás estaba todavía un poco enamorada, lo quería, le gustaba hablar con él, pero que apareciera sin más, como en una mala película, dispuesto a abrazar y a ser abrazado, disponible para convertirse en la estrella, en el héroe que cruza el mundo por amor, era para Elisa mucho más una afrenta y una humillación que una alegría.

Mientras volvía a casa a zancadas rápidas sentía la vibración permanente del celular en el bolsillo, pero sólo contestó media hora más tarde, metida ya en la cama, a debido resguardo: no voy a ir a buscarte, no quiero verte, tengo un novio (mentira), vivo con él, no quiero verte nunca más, le dijo. Hubo otras nueve llamadas y las nueve veces ella respondió lo mismo, y al final agregó, para añadir un poco de verosimilitud al asunto, que su novio era alemán.

Por supuesto hay otros motivos, hay una historia paralela a esta donde se relata con pormenores por qué ella no quiere verlo nunca más; una historia que habla de la necesidad de un cambio verdadero, de dejar atrás su pequeño mundo chileno de colegio de monjas, su deseo de buscar otros rumbos, en fin, es coherente y también saludable romper definitivamente con Rodrigo, quizás no de esa manera, quizás no es justo dejarlo sentado ahí, anhelante y entumido, pero debía romper con él. Por lo demás ahora, echada en su cama y escuchando algún disco del amplio espectro alternativo (el último de Beach House, por ejemplo), se siente tranquila.

Rodrigo ensaya una rápida y atolondrada caminata por la ciudad. Le parece ver a veinte o treinta mujeres más hermosas que Elisa, piensa por qué Hans –decide que el alemán se llama Hans– eligió justamente a esta chilena que no es tan voluptuosa ni tan morena y entonces recuerda lo buena que es Elisa en la cama y se siente podrido. Sigue caminando pero ya no ve más que una ciudad hermosa llena de gente hermosa, mientras piensa que Elisa es una puta y otras cosas habituales en un despechado. Camina sin rumbo, pero Lovaina es una ciudad demasiado pequeña para caminar sin rumbo, y al poco rato está de vuelta en la estación. Se detiene frente a Fonske, es casi lo único que Elisa le contó sobre la ciudad: que hay una fuente con la estatua de un niño o de un estudiante o de un hombre que mira en un libro la fórmula de la felicidad y se echa agua (o cerveza) en la cabeza. La fuente le resulta más extraña que graciosa, incluso agresiva o grotesca, aunque evita las ironías sobre la felicidad, sobre la fórmula de la felicidad. Sigue mirando la fuente, que por algún motivo ese día está seca, está apagada, mientras fuma un cigarro, el primero desde que bajó del tren, el primero en suelo europeo, un peregrino Belmont chileno. Y aunque durante todo ese tiempo ha sentido un frío inmenso, recién ahora siente el apremio del viento helado en la cara y en todo el cuerpo, como si el frío realmente intentara calar los huesos. Abre su maleta, encuentra un pantalón que le queda holgado y se lo pone encima, igual otra chomba y un gorro, pero no tiene guantes. Por un momento, llevado por el dramatismo y por la rabia, piensa que va a

153

morir de frío, literalmente. Y que es una ironía, porque era Elisa la friolenta, la novia más friolenta que ha tenido, la mujer más friolenta que ha conocido, incluso en verano, por las noches, solía usar chalecos, chales y guatero. Sentado cerca de la estación, junto a un pequeño negocio de waffles, recuerda el chiste del hombre más friolento del mundo, el único chiste que contaba su padre. Recuerda a su padre alrededor de una fogata, en la extensa playa de Pelluhue, hace muchos años: era más bien esquivo y parco, y sin embargo cuando contaba ese chiste se volvía otra persona, cada frase salía de su boca como impulsada por un mecanismo misterioso y efectivo, y al verlo así, preparando sabiamente al público, bendecido por las inminentes carcajadas, se diría que era un hombre gracioso y genial, acaso un especialista en esos chistes largos, que se pueden contar de tantas maneras, porque lo que importa no es el final sino la gracia del relator, su sentido de los detalles, su capacidad para llenar el aire de digresiones sin perder el interés de la audiencia. El chiste empezaba en Punta Arenas, con el niño llorando de frío y sus padres desesperados abrigándolo con mantas de lana chilota, y después, rendidos ante la evidencia, resignados a buscar mejores climas, empiezan a subir por el mapa chileno, en busca del sol, de Concepción a Talca, a Curicó, a San Fernando, siempre con rumbo norte, pasando por Santiago, y después de un montón de aventuras, La Serena y Antofagasta, hasta llegar a Arica, la ciudad de la eterna primavera, pero no hay caso: el niño, que a esas alturas es ya todo un adolescente, sigue sintiendo frío. Ya de adulto, el hombre más friolento del mundo viaja por Latinoamérica en busca de un clima más propicio, pero ni en Iquitos ni en Guayaquil ni en Maracaibo ni en Mexicali ni en Río de Janeiro deja de sentir un frío profundo y lacerante, lo mismo en

Arizona, en California, en El Cairo y en Túnez, ciudades a las que llegó y de las que se fue envuelto en frazadas, tiritando, convulsionando, quejándose interminablemente, pero siempre con amabilidad, porque, a pesar de lo mal que lo pasaba, el hombre más friolento del mundo siempre mantenía la cortesía, la cordialidad, y quizás por eso, cuando se cumplió el temido desenlace –porque el hombre más friolento del mundo, que era chileno, finalmente murió de frío–, nadie dudó que iría directo, sin mayores trámites, al Cielo.

El Cairo, Arizona, Túnez, California, piensa Rodrigo, casi sonriendo: Lovaina. Hace meses que no ve a su padre, distanciados por alguna estupidez. Piensa que a él le gustaría que en una situación como esta su hijo fuera valiente. No, no sabe en realidad qué pensaría su padre sobre una situación como la que está viviendo. Él no tendría nunca una tarjeta de crédito ni mucho menos viajaría irresponsablemente miles de kilómetros para que le dieran la patada en el estómago que su hijo acaba de recibir. Qué haría mi padre en esta situación, se pregunta de nuevo, con candidez, Rodrigo. No lo sabe. Quizás debería volver a Chile de inmediato, o también, por qué no, quedarse para siempre, buscarse la vida. Decide, por lo pronto, volver a Bruselas.

La gente viaja de Lovaina a Bruselas, o de Bruselas a Amberes o de Amberes a Gante, pero son trayectos tan cortos que es casi excesivo considerarlos propiamente viajes. Y sin embargo a Rodrigo la media hora a Bruselas le parece una eternidad. Piensa en Elisa y Hans caminando por esa ciudad tan universitaria, tan europea y correcta. Vuelve a recordar el cuerpo de Elisa, la ve convaleciente, después de la operación de apendicitis, recibiéndolo con una dulce sonrisa adolorida. Y después, una mañana de domingo, la recuerda desnuda por completo, echándose aceite de rosa mosqueta en la cicatriz. Y esa misma noche, quizás ese mismo domingo, jugando con el semen tibio alrededor de esa misma cicatriz, dibujando unas como letras con el dedo índice, caliente y muerta de la risa.

Baja del tren, camina algunas cuadras, pero no mira la ciudad, sigue pensando en Elisa, en Hans, en Lovaina, y pasan como cuarenta minutos antes de que se dé cuenta de que ha olvidado su maleta en el tren. La dejó en un rincón, junto a los bultos de los demás pasajeros, y bajó sin más, con la pura mochila. Se dice a sí mismo, en voz alta, con energía: ahuevonado.

Compra unas papas fritas cerca de la estación, se queda parado comiendo en una esquina. Cuando se incorpora siente un mareo, pero no es exactamente eso: pensaba comprar cigarros y después caminar un rato, pero debe detenerse debido a lo que parece una molestia, una impresión de vértigo que nunca antes ha sentido, y que de inmediato empieza a crecer, como si fuera un movimiento liberándose: simplemente siente que se va a caer, con mucho esfuerzo consigue la estabilidad mínima para avanzar. La mochila no pesa casi nada, pero la deja a un lado y da cinco pasos, para probar. El vértigo sigue, tiene que detenerse del todo y apoyarse en la vitrina de una tienda de zapatos. Avanza lento, de vitrina en vitrina, como un timorato aprendiz de hombre araña, mientras mira de reojo los interiores de las tiendas repletos de tantos diferentes chocolates, cervezas y lámparas, los restoranes de comida sana y las tiendas de regalos curiosos: unas baquetas que son a la vez palitos chinos, un tazón con forma de lente fotográfico y un sinfín de miniaturas.

Una hora más tarde ha recorrido apenas siete cuadras,

pero por fortuna, en un puesto de la calle, encuentra un paraguas azul, que le cuesta diez euros. Al comienzo camina todavía con una sensación de inestabilidad, pero el paraguas le da confianza y a los pocos pasos ya siente que se ha acostumbrado al vaivén. Recién entonces mira o enfoca la ciudad; recién entonces intenta comprenderla, empezar a comprenderla. Piensa que todo es un sueño, que está cerca de la Plaza de Armas, de la Catedral, en el barrio peruano, en Santiago de Chile. No, no piensa eso: piensa que piensa que está en la Plaza de Armas. Piensa que piensa que todo es un sueño.

Las tiendas empiezan a cerrar. Es difícil saber si es de día o de noche: las cinco y cuarto p.m. y las luces de los departamentos y de los autos ya están encendidas. Camina alejándose del centro, pero de forma instintiva entra a una lavandería y decide pasar un tiempo ahí, o ni siquiera lo decide pero ahí se queda, junto a dos tipos que leen mientras esperan su ropa. La temperatura no es elevada pero al menos no hace frío. Es absurdo, sabe que le falta el dinero, que va a necesitar cada moneda, pero igual se quita uno de los pantalones, la segunda camisa y el par de calcetines adicionales. Le cuesta comprender el funcionamiento de las lavadoras, que son viejas y hasta se ven peligrosas, pero siente una satisfacción tonta y absoluta cuando consigue echar a andar el mecanismo. Se queda mirando el movimiento de la ropa, absorto o paralizado, con la atención con que se mira en la tele la final de un campeonato, y quizás para él es hasta más interesante que la final de un campeonato, porque mientras ve saltar la ropa, arrinconada contra el vidrio, inundada por la lavaza, piensa, como si descubriera algo importante, que esa ropa es suya, que le pertenece, que ha usado cien veces esos pantalones, esos calcetines, y que alguna vez esa camisa un poco desteñida

157

era la mejor, la que prefería para las ocasiones especiales; recuerda su propio cuerpo llevando esa camisa con orgullo, y es una visión extraña, vanidosa, medio torpe. Es quizás su idea kitsch de la purificación.

Luego entra a una pizzería llamada Bella Vita, que parece barata. Lo atiende Bülent, un turco muy amable y risueño que habla algo de francés y un poco de flamenco pero nada de inglés, así que se entienden exclusivamente mediante señas y un murmullo recíproco que quizás sólo sirve para demostrar que ninguno de los dos es mudo. Come una pizza napolitana que le sabe extraordinaria y se queda ahí, ultimando un café. No sabe qué hacer, no quiere seguir dando vueltas, no se decide a buscar un hotel barato, un hostal. Intenta preguntarle a Bülent si hay wifi en el lugar, pero es realmente difícil hacer la mímica que signifique la existencia de una red wifi, y a esas alturas él ya está tan desarmado que no se le ocurre lo más simple, que sería decir «wifi» y pronunciarlo de todas las maneras posibles hasta que Bülent entendiera. Por suerte llega al lugar Piet, un tipo extraordinariamente alto que usa unos anteojos de marco rojo y grueso y una cantidad imprecisable de piercings sobre la ceja derecha. Piet sabe inglés y hasta un poquito de español, incluso estuvo en Chile, durante un mes, hace años. Rodrigo por fin tiene con quien hablar.

Un par de horas después están en el living del hermoso departamento de Piet, que queda frente a la pizzería. Mientras su anfitrión prepara café, Rodrigo mira desde el ventanal cómo Bülent, con la ayuda de la mesera y de otro hombre, cierran el local. Rodrigo siente algo así como el pulso o el dolor o el aura de la vida cotidiana. Enciende su notebook, se conecta a Internet, no hay mensajes de Elisa, pero tampoco los espera. Intenta ubicar a un amigo del colegio que, según recuerda, desde hace algunos años vive en Bruselas, lo encuentra fácilmente en Facebook, y él responde enseguida, pero ahora está en Chile, cuidando a su madre enferma, y aunque piensa retomar sus estudios, por lo pronto va a quedarse en Santiago un tiempo ilimitado. Diez minutos después entra otro mensaje en que el amigo le recomienda que tome *peket* sin miedo («tiene buena cura, pero mala caña»), que evite las endibias asadas («no a las endibias asadas, sí a las boulettes de viande y a los moules et frites»), que pruebe los hot dogs con chucrut caliente y mostaza, que cerca de la Grand Place compre chocolates en Galler y vaya a la librería Tropismes, que no se pierda el Museo de la Música y el de Magritte, en fin, todos esos pormenores a Rodrigo le parecen tan lejanos, casi imposibles, porque este ya no es un viaje de turismo, nunca lo fue. Se desespera, no tiene gran cosa en la tarjeta de crédito, y en la billetera le quedan sólo cien euros.

En eso llega Bart, el editor de Piet, que vive en Utrecht. Sólo entonces Rodrigo se entera de que Piet es escritor, que ha publicado dos libros de cuentos y una novela. Le gusta esa prudencia de Piet, esa timidez. Piensa que si fuera escritor tampoco lo andaría declarando a los cuatro vientos.

Bart es incluso más alto que Piet, es un gigante de casi dos metros. Junto a un amigo que también se llama Bart, lleva una editorial pequeña donde publica a escritores emergentes, casi todos narradores, casi todos holandeses, pero también algunos belgas. El otro Bart curiosamente vive en Colombia, porque se enamoró de una payanesa, pero desde allá maneja todo on line, y a este Bart le corresponde ordenar el circuito de distribución, que básicamente considera una serie de librerías chicas, ninguna comercial, y organizar pequeños eventos y conferencias donde él mismo vende los libros.

Bart es amistoso, cuenta su historia en un inglés bastante fluido, pero también ayudan sus gestos rotundos y cierto talento para la mímica cuando le fallan las palabras. Son casi las diez, caminan unas cuadras. Rodrigo se siente mejor, se apoya en el bastón pero es más una precaución que una necesidad. Llegan a La Vesa, un bar un poco lúgubre donde los jueves hay lecturas de poesía, pero hoy no es jueves sino martes, y los parroquianos escasean, lo que es preferible, piensa Rodrigo, que disfruta esa sensación de intimidad, de camaradería rutinaria, la charla sensata con esos nuevos amigos, las frases cortas pero cargadas de leves ironías que cada tanto suelta Laura, una mesera italiana que no es hermosa a primera vista pero se vuelve hermosa con el correr de los minutos y no por efecto del alcohol sino porque hay que mirarla realmente bien para descubrir su belleza. Sus amigos toman Orval, Rodrigo pide copas de vino, Piet le pregunta si no le gusta la cerveza, y él les dice que le gusta, pero que tiene demasiado frío aún, que prefiere la calidez del vino, y ellos empiezan a hablar de la cerveza belga, que es la mejor del mundo. Piet le dice que no hace tanto frío, que ha habido muchos inviernos peores. Entonces Rodrigo quiere contarles el chiste del hombre más friolento del mundo, pero no sabe cómo se dice friolento en inglés, así que dice «I am» y el gesto de tiritar, y Bart le dice «you're chilly» y todos se enredan porque Rodrigo entiende que hablan de Chile, de si acaso él es chileno, cosa que se supone ya sabían, hasta que después de varios malentendidos, que celebran con estruendo, entienden que el chiste es sobre the chilliest man on earth y Rodrigo agrega que el hombre más friolento del mundo definitely es chileno, the chilliest man on earth, y se ríe con ganas, por primera vez ríe en territorio belga como reiría en territorio chileno.

160

Rodrigo empieza el chiste sin confianza, pues mientras hilvana la historia piensa que quizás hay en Bélgica o en Holanda un chiste igual, que quizás es un chiste que existe en tantas versiones como países hay en el mundo. Sus auditores reaccionan bien, sin embargo, con interés creciente, entregándose al relato: disfrutan la enumeración de ciudades, con nombres que les suenan tan raros («Arica sounds like Osaka», dice Bart), y cuando el hombre más friolento del mundo, que era chileno, muere de frío bajo el sol abrasador de Bangkok, los amigos lanzan una risotada ansiosa y se agarran la cabeza en señal de lamento.

El hombre más friolento del mundo había sido un buen hijo, un buen padre, un buen cristiano, por lo que San Pedro lo recibe sin mayores dilaciones en el Cielo, pero los problemas empiezan de inmediato: increíblemente, aunque en el Cielo no existen el frío o el calor, al menos no tal como los conocemos nosotros, y a pesar de que todas las habitaciones de ese formidable hotel que es el Cielo se ajustan automáticamente a las necesidades de los huéspedes, el chileno sigue teniendo frío, y a su manera amable pero también enérgica sigue quejándose, hasta que la bendita paciencia que reina en el Cielo se agota, todos se hartan y están de acuerdo en que el hombre más friolento del mundo debe buscar un clima en verdad propicio. Es el mismísimo Dios quien decide mandarlo al Infierno, donde es impensable que siga teniendo frío. Pero a pesar de las fogatas inapagables, de las temerarias aguardientes, de los guateros colosales y del calor humano, que en tales condiciones de hacinamiento es tan intenso, el hombre más friolento del mundo sigue sintiendo frío en el Infierno, y el caso se vuelve tan famoso que llega a oídos de Satanás, quien lo encuentra desafiante y divertido, y de inmediato decide hacerse cargo del asunto.

Una mañana el propio Satanás conduce al chileno nada menos que al lugar más caluroso concebible: el centro del sol. Satanás tiene que ponerse un traje especial, puesto que de otro modo se quemaría. Llegan a un pequeño cubículo de dos por dos, abre la puerta, el chileno entra y se queda ahí, esperanzado y profundamente agradecido. Así pasan semanas, meses, años, hasta que un día, movido por la curiosidad, el Diablo decide hacer una visita al chileno. Vuelve a ponerse su traje especial, incluso lo refuerza con dos capas adicionales, pues tiene la sensación de haberse chamuscado un poco en el viaje anterior. Apenas abre la puerta del cubículo, siente que desde adentro el chileno grita: «Por favor cierre la puerta, que hace frío.»

«Please close the door, it's chilly here», dice Rodrigo, y su performance es un éxito. Yo creo que el hombre más friolento del mundo eres tú, le dice Bart, y yo quiero que el hombre más friolento del mundo pruebe la mejor cerveza del mundo. Piet propone ir a un bar donde venden centenares de cervezas, pero al final deciden ir a otro lugar más cercano, donde venden, clandestina, Westvleteren, la así llamada mejor cerveza del mundo, y en el camino Rodrigo se apoya en el paraguas pero no sabe si es necesario, siente que podría tirarlo, que ya no lo necesita, pero de todos modos lo sigue usando, mientras escucha la historia de los monjes trapenses que fabrican la cerveza y la venden sólo en cantidades prudentes, una historia que le suena asombrosa, desea que la cerveza le guste mucho y así es, aunque compran solamente una para los tres, porque la botella cuesta diez euros.

Vuelven al departamento a las dos de la mañana, abrazados, para que Rodrigo no tenga que valerse del paraguas: parece que estuvieran más borrachos de lo que están. Después, en el living, siguen bebiendo un rato, se escu-

162

chan a medias, se ríen. Puedes quedarte, pero sólo por hoy, dice Piet, y Rodrigo lo agradece. Traen un colchón mientras Bart se echa en una antigua chaise longue y se tapa con una frazada. Rodrigo piensa qué va a hacer si en medio de la noche Bart intenta algo. Piensa si va a rechazarlo o no, pero se queda dormido y Bart también.

Despierta temprano, está solo en el living. Tiene un poco de caña, el café le hace bien. Mira la calle, mira los edificios, la fachada silenciosa de la pizzería. Quiere despedirse de Piet, entreabre la puerta de la habitación y ve que duerme junto a Bart, semiabrazados. Les deja una nota de agradecimiento y baja los cuatro pisos por la escalera. No tiene absolutamente ningún plan, pero lo anima la idea de caminar sin bastón, y una vez en la calle lo intenta, como en los finales felices. Pero no puede y se cae. Cae feo, cae duro, el doble pantalón se raja, le sangra la rodilla. Se queda en la esquina, pensando, paralizado del dolor, mientras empieza a llover, como cuando en los dibujos animados una nube sigue al protagonista, pero esta lluvia es para todos, no sólo para él.

Es una lluvia fría y copiosa, debería buscar un sitio donde guarecerse. Le queda muy poco dinero, pero no tiene más remedio que comprar otro paraguas. Es el momento en que debería pensar en Elisa y maldecirla, pero no lo hace. Ahora tengo dos paraguas, el azul para el equilibrio y el negro para la lluvia, dice en voz alta, con el mismo tono sereno con que diría su nombre, su apellido, su lugar de nacimiento: ahora tengo dos paraguas, el azul para el equilibrio y el negro para la lluvia, repite mientras empieza a caminar sin más propósito que ese, simplemente: caminar.

VIDA DE FAMILIA

para Paula Canal

No hace frío ni calor, un sol tímido y nítido vence a las nubes, y el cielo se ve, por momentos, verdaderamente limpio, como el celeste de un dibujo. Martín va en el último asiento de la micro, con los audífonos puestos, moviendo la cabeza como hacen los jóvenes, pero ya no es joven, para nada: tiene cuarenta años, el pelo más bien largo, un poco rizado y negro, la cara blanquísima —hay tiempo para seguir describiéndolo: ahora baja de la micro con una mochila y un maletín, y camina algunas cuadras buscando una dirección.

El trabajo consiste en cuidar al gato, pasar la aspiradora de vez en cuando, y regar por las mañanas unas plantas de interior que parecen condenadas a secarse. Voy a salir poco, casi nada, piensa, con un dejo de alegría: a comprar comida para el gato, a comprar comida para mí. También hay un Fiat plateado que debe conducir cada tanto («para que respire», le dijeron). Por lo pronto comparte con la familia, son las siete de la tarde, partirán muy temprano, a las cinco y media a.m. —acá va la familia, en orden alfabético:

– Bruno –barba escasa, trigueño, alto, fumador de tabaco negro, profesor de literatura.

– Consuelo –pareja de Bruno, no es su esposa, porque nunca se casaron, pero se comportan como un matrimonio, a veces se comportan peor que un matrimonio.

– Sofía, la niña.

Acaba de pasar, la niña, corriendo hacia la escalera, detrás del gato. No saluda a Martín, no lo mira, es que ahora los niños no saludan, y quizás no está mal, porque los adultos saludan demasiado. Bruno le explica a Martín algunos detalles del trabajo a la par que discute con Consuelo sobre la forma de organizar una maleta. Después ella se acerca a Martín y con una amabilidad que a él le resulta perturbadora, porque no está acostumbrado a la amabilidad, le muestra la cama del gato, la bandeja con arena y un pedazo de género prensado, para que estire las garras, aunque ni la cama ni el baño ni el juego sirven de mucho, porque el gato duerme donde se le da la gana, hace sus cosas en el antejardín y araña todos los sillones. Consuelo le muestra también cómo funciona la pequeña puerta, el mecanismo permite que el gato salga pero no entre, o entre pero no pueda salir, o entre y salga a su antojo –siempre la dejamos abierta, dice Consuelo, para que sea libre, es como cuando los papás nos dieron las llaves de la casa.

A Martín la existencia de esa puerta le suena fabulosa, sólo las ha visto en las películas y en *Tom y Jerry*. Está a punto de preguntar cómo la consiguieron pero piensa que tal vez Santiago está lleno de puertas para mascotas y él no lo ha notado.

Perdona, le pregunta a destiempo: ¿qué dijiste de nuestros padres?

¿Cómo?

Dijiste algo de sobre «nuestros padres», o «los papás».

Ah, que esta puerta es como cuando los papás nos dieron las llaves de la casa.

La risa dura dos segundos. Martín sale a fumar y ve un espacio vacío en el antejardín, dos metros y medio de pasto desgreñado donde debería haber algunas plantas y algún arbusto pero no hay nada. Arroja las cenizas con disimulo sobre el pasto, apaga la colilla, y pierde un minuto entero pensando dónde tirarla: al final la deja bajo una mata amarillenta. Mira la casa desde el umbral, piensa que no es grande, es abordable, pero le parece llena de matices. Observa tentativamente las estanterías, el piano eléctrico, y un gran reloj de arena sobre la mesita inglesa. Recuerda que cuando niño le gustaban los relojes de arena, y lo da vuelta –dura doce minutos, dice la niña, que enseguida, desde el peldaño más alto, mientras intenta retener al gato, le pregunta si él es Martín –sí. Y si quiere jugar ajedrez –bueno.

El gato se libera de la niña. Es de un gris disparejo, el pelaje corto y tupido, el cuerpo delgado y los colmillos algo salidos. La niña sube y baja la escalera varias veces. Y el gato, Misisipi, parece dócil. Se acerca a Martín, que piensa en hacerle cariño, pero duda, no conoce bien a los gatos, nunca ha convivido con uno.

Sofía vuelve, está ya con pijama, camina dificultosamente con unas pantuflas chilotas. Consuelo le pide que no moleste, que se vaya a su pieza, pero la niña trae una pesada caja o una caja que para ella es pesada, y arma sobre la mesa del living el tablero de ajedrez. Tiene siete años, acaba de aprender a mover las piezas y también los modales o la impostura del juego: se ve linda con el ceño fruncido y la cara redonda entre las manos. La niña y Martín juegan, pero a los cinco minutos es evidente que se aburren, él más que ella. Entonces le propone a Sofi que jueguen a dejarse perder, y al principio no entiende pero después estalla en unas risas dulces y burlonas –gana el que pierde, el objetivo es entregarse primero, desproteger a Don Quijote y a Dulcinea, porque es un ajedrez cervantino, con molinos de viento en lugar de torres, y esforzados sanchopanzas en la línea de vanguardia.

Qué cosa más estúpida, piensa Martín, un ajedrez literario.

Las piezas del tablero lucen desdoradas, vulgares, y aunque él no es de impresiones rápidas, la casa entera ahora le provoca una inquietud o una molestia, pero no es algo evidente: seguro que el lugar de cada objeto responde a alguna rebuscada teoría sobre el diseño de interiores, pero de todas maneras persiste un desajuste, una secreta anomalía. Es como si las cosas no quisieran estar donde están, piensa Martín, que de todas formas agradece la posibilidad de pasar una temporada en esa casa luminosa, tan distinta a las pequeñas piezas en penumbras donde suele vivir.

Consuelo se lleva a la niña y le canta para hacerla dormir. Aunque escucha desde lejos, Martín siente que no debería escuchar, que es un intruso. Bruno le ofrece unos ravioles que comen en silencio, con una voracidad pretendidamente masculina, algo así como *aprovecha que no están las mujeres, no usemos servilletas*. Después del café, Bruno sirve un par de vodkas con hielo, pero Martín prefiere seguir bajando el vino.

¿Cómo se llama la ciudad donde van a vivir?, pregunta Martín, por decir algo.

Saint-Étienne.

¿Donde jugó la selección?

¿Qué selección?

La de fútbol, en Francia 98.

No sé. Es una ciudad industrial, un poco arruinada. Voy a dar clases sobre Latinoamérica.

¿Y dónde queda?

¿Saint-Étienne o Latinoamérica?

La broma es tan fácil, tan rutinaria, pero funciona. Casi sin proponérselo estiran la sobremesa, como descubriendo alguna postergada afinidad. Arriba la niña duerme y se escucha también lo que podría ser la respiración de Consuelo o un tenue ronquido. Martín descubre que ha estado pensando en ella todo el tiempo que lleva en esa casa, desde que la vio en el umbral. Vas a estar cuatro meses aquí, le dice Bruno, aprovecha este tiempo para tirarte a alguna vecina –me gustaría mucho más tirarme a tu mujer, piensa Martín, y lo piensa con tanta fuerza que hasta teme haberlo dicho en voz alta. Pásalo bien, primo, sigue Bruno, cariñoso, ligeramente borracho, pero no son primos, sus padres lo eran –el de Martín acaba de morir y fue entonces, en el velorio, cuando volvieron a verse. Tratarse ahora como si fueran familia tiene sentido, es quizás el único modo de instaurar una súbita confianza. La idea era arrendar la casa, pero sin que los nuevos habitantes la cambiaran demasiado. No fue posible. Después de múltiples gestiones, algunas ya desesperadas, Martín fue la persona más confiable que Bruno pudo conseguir para cuidar la casa. Se han visto poco a lo largo de la vida, y quizás fueron amigos en uno de esos periodos, cuando eran todavía niños de la misma edad obligados a jugar juntos algún domingo.

Bruno le explica de nuevo lo que ya hablaron por teléfono. Le pasa las llaves, las prueban en las cerraduras, le explica las mañas de las puertas. Y vuelve a enumerar las ventajas de estar ahí, aunque ahora no menciona a ninguna vecina. Luego le pregunta si le gusta leer.

Un poco, dice Martín, pero no es verdad. Ahora es demasiado sincero:

No, no me gusta leer. Lo último que haría sería leer un libro, dice.

Perdona, dice Martín, mirando las estanterías repletas, es como si hubiera ido a la iglesia a decir que no creo en Dios. Además que hay muchas cosas peores. Incluso peores que las que ya me han pasado, dice con una sonrisa atenuante.

No te preocupes, responde Bruno, como aprobando el comentario: mucha gente piensa eso pero no lo dice. Después elige algunas novelas, y las pone en la mesita inglesa, junto al reloj de arena. Igual, si te dan ganas de leer, aquí hay algunas cosas que podrían interesarte.

¿Y por qué podrían interesarme? ¿Son libros para gente que no lee?

Más o menos, ja (dice eso, *ja*, pero sin la inflexión de una risa). Algunos son clásicos, otros más contemporáneos, pero todos son entretenidos (cuando dice esta palabra no hace el menor esfuerzo por evitar el tono pedante, casi como haciendo las comillas). Martín le da las gracias y las buenas noches.

No mira los libros, ni siquiera sus títulos. Piensa: libros para gente que no lee. Piensa: libros para gente que

169

acaba de perder a su padre y que ya había perdido a su madre, gente sola en el mundo. Libros para gente que ha fracasado en la universidad, en el trabajo, en el amor (eso piensa: en el amor). Libros para gente que ha fracasado tanto como para que a los cuarenta años cuidar la casa de otro a cambio de nada o de casi nada sea una buena perspectiva. Algunos cuentan ovejas, otros enumeran sus desgracias. Pero no duerme, sumido en la autocompasión, que a pesar de todo no es un traje que le siente cómodo.

Justo cuando el sueño sobreviene suenan los relojes, son las cinco de la mañana. Martín se incorpora para ayudar a la familia con las maletas. Sofi baja amurrada, pero de inmediato saca, quién sabe de dónde, una energía desbordante. Misisipi no está, la niña quiere despedirse, llora dos minutos pero después se detiene, como si simplemente hubiera olvidado que estaba llorando. Cuando llega el taxi ella insiste en terminarse su cereal, pero deja el pote casi intacto.

Mata a todos los ladrones, le pide a Martín antes de subir al auto.

¿Y qué hago con los fantasmas?

Martín está bromeando, dice Consuelo, de inmediato, lanzando una mirada nerviosa: en la casa no hay fantasmas, la compramos por eso, porque nos aseguraron que no había fantasmas. Y en Francia, en la casa donde vamos a vivir, tampoco.

Apenas se van, Martín se echa en la cama grande, que está tibia todavía. Busca en las sábanas el perfume o el olor de Consuelo y se duerme boca abajo, aspirando la almohada como si descubriera una droga exclusiva y peligrosa. Empiezan los ruidos de la calle, el ajetreo de la gente que va al trabajo, los furgones escolares, los motores espoleados por conductores ansiosos de evitar los tacos. Sueña que está en la sala de espera de una clínica y que un desconocido le pregunta si ya dieron los resultados. Martín espera algo o espera a alguien, pero en el sueño no lo recuerda con precisión y no se atreve, tampoco, a decirlo, pero sabe que lo que espera no son los resultados de un examen. Intenta recordarlo, y entonces piensa que es un sueño y trata de despertar, pero al despertar todavía está en el sueño y el desconocido sigue esperando una respuesta. Entonces verdaderamente despierta y siente el alivio inmenso de no tener que responder esa pregunta, de no tener que responder ninguna pregunta. El gato bosteza a los pies de la cama.

Acomoda su maletín en la pieza principal, pero queda poco espacio en los roperos. Hay varias bolsas y cajas de plástico llenas de ropa, celosamente embaladas, pero también algunas prendas sueltas. Encuentra una vieja polera de los Pixies, con la portada del disco *Surfer Rosa*. «You'll think I'm dead, but I'll sail away», piensa −claro, esa es de otro disco, se equivoca. Intenta imaginarse a Consuelo con esa polera y no lo consigue, pero es talla M, debe ser de ella, no de Bruno. De todos modos se la pone, se ve gracioso, le queda muy justa. Vestido así nomás, con la polera y un pantalón de buzo, parte al supermercado más cercano, donde compra café, cerveza, tallarines y ketchup, además de unas latas de jurel para Misisipi, pues tiene un plan demagógico, piensa que el gato va a entenderlo así: se fueron, me dejaron con un desconocido, pero estoy comiendo bacán. Vuelve casi arrastrando las bolsas, son muchas cuadras, piensa que debió ir en auto, pero le da pánico manejar. Ya en casa, mientras acomoda las compras en la cocina, mira los cereales con leche que dejó la niña y

171

termina el pote pensando en que podría contar con los dedos de la mano las veces que ha comido cereal.

Después inspecciona el segundo piso, donde está el estudio de Bruno, una pieza grande, perfectamente iluminada por una claraboya, con los libros en estricto orden alfabético, los innumerables útiles de escritorio, y los diplomas de la licenciatura, el magíster, el doctorado, colgados en una misma línea. Enseguida observa la pieza de la niña, llena de dibujos, adornos y, en la cama, unos peluches con sus nombres escritos en sendas escarapelas –se llevó unos cuantos, la obligaron a guardar otros en el ropero y en un baúl, pero igual dejó cinco sobre su cama e insistió en escribir las escarapelas para que Martín pudiera identificarlos (le llama la atención un oso café, con vestuario deportivo, que se llama Perro). Luego encuentra, en el baño de arriba, entre una pila de revistas, un folleto con partituras para principiantes. Baja y se sienta frente al piano eléctrico, que no funciona; intenta repararlo, pero nada. Igual lee la partitura y pulsa las teclas, se divierte pensando que es un pianista muy pobre, un pianista que no tiene dinero para pagar la cuenta de la luz y que debe ensayar así, cada día, a tientas.

Las primeras dos semanas transcurren sin mayores novedades. Vive de acuerdo a lo esperado: al comienzo los días parecen eternos, pero los va poblando de ciertas rutinas –se levanta a las nueve, llena el recipiente de Misisipi, y después de desayunar (sigue comiendo cereales, descubre que le encantan los Quadritos de avena) va al garage, enciende el motor y juega un poco con el acelerador, como un piloto esperando la señal de arranque. Mueve el auto tímidamente y después se atreve a dar una vuelta cada vez menos corta. Al regresar sintoniza el noticiero, abre el ventanal del living, da vuelta el reloj de arena y mientras los granos, los minutos caen fina y decididamente, fuma el primer cigarro del día.

Luego ve televisión unas horas y el efecto es narcótico. Llega a encariñarse con la retórica de los programas matinales, consigue una cierta erudición al respecto, los compara, los considera seriamente, y lo mismo con los programas de farándula, que le cuestan un poco, porque no conoce a los personajes, nunca le ha puesto atención a ese mundo, pero de a poco va identificándolos. Almuerza sus fideos con ketchup en la cama, siempre mirando la tele.

El resto del día es incierto, pero suele perderse en caminatas, tiene por regla no repetir los cafés donde se detiene ni los almacenes donde compra cigarros, para no construir ninguna familiaridad: tiene la idea vaga de que va a extrañar esa vida, que no es la vida soñada, pero está bien; un periodo beneficioso, reparador. Pero todo cambia la tarde en que descubre que el gato ha desaparecido. Hace al menos dos días que no lo ve y el plato con comida está intacto. Pregunta a los vecinos: nadie sabe nada.

Pasa unas horas desesperado, pasmado, sin saber qué hacer. Al final decide confeccionar un cartel. Busca sin método, atropelladamente, en el computador, alguna foto de Misisipi, pero no hay nada, pues antes de partir Bruno limpió el disco duro de archivos personales. Revisa ansiosamente toda la casa y hasta llega a sentir el placer del desorden, del caos que va sembrando. Registra baúles, bolsas y cajas sin cuidado, saca libros al azar, decenas de libros, y recorre las hojas frenéticamente, o los sacude con algo de furia. Encuentra una pequeña maleta roja escondida en el armario del estudio. En lugar de dinero o joyas hay un centenar de fotografías familiares, algunas enmarcadas y otras sueltas, con fechas en el reverso y hasta con breves mensajes amorosos. Le gusta una foto en especial, una muy grande en que Consuelo posa ruborizada, con la boca abierta. Desenmarca un diploma de Sofi –un curso de natación– para poner la foto de Consuelo y la cuelga en la pared principal del living. Piensa que podría pasar horas acariciando ese pelo liso, negro y brillante. Como no encontró ninguna foto de Misisipi, busca en Internet imágenes de gatos grises y elige una cualquiera. Redacta un mensaje escueto, imprime unas cuarenta copias y las pega en los postes y en los árboles por toda la avenida.

Al regresar, la casa es un desastre. El segundo piso, en especial. Le molesta ser el autor de ese desorden. Mira los cajones entreabiertos, la ropa tirada en la cama, los numerosos muñecos, dibujos y pulseras sembrados en el piso, las solitarias piezas de lego perdidas en los rincones. Piensa que ha profanado ese espacio. Se siente como un ladrón o como un policía, e incluso recuerda esa palabra horrible, excesiva: allanamiento. Empieza, con desgano, a ordenar la habitación, pero de pronto se detiene, enciende un cigarro y hasta hace algunas argollas, como en la adolescencia, mientras piensa que la niña acaba de jugar ahí con sus amigas. Piensa que él es el padre que abre la puerta y le exige a la niña, indignado, que ordene la pieza y que ella asiente pero sigue jugando. Piensa que va al living y una mujer muy bella, una mujer que es Consuelo o que se parece a Consuelo, le pasa una taza de café, alza las cejas y sonríe mostrando los dientes. Entonces va al living y se prepara él mismo ese café que bebe a sorbos rápidos mientras piensa en una vida con mujer, con niños, con un trabajo estable. Martín siente una intensa puntada en el pecho. Y emerge y triunfa una palabra a esta altura inevitable: melancolía.

Se conforma o se distrae recordando que él también, hace mucho, fue padre de una niña de esa misma edad, siete años. Él tenía diecinueve, vivía en Recoleta, con su mamá, que todavía no estaba enferma. Una tarde cualquiera bajó a la cocina y escuchó que la Elba se quejaba porque nunca podía ir a las reuniones de la niña. Él se ofreció, porque quería a la Elba y a la Cami, y también por su sentido de la aventura, que en ese tiempo era muy grande. Tenía entonces el pelo largo, se veía muy niño, de ninguna manera parecía un padre, pero entró al colegio y se sentó al final de la sala junto a un tipo casi igual de joven aunque, como se dice, un poquito más hombre, más vivido.

El hombre tiene en el brazo derecho un tatuaje café, apenas más oscuro que su piel, que dice JESÚS. Cómo te llamas, le pregunta Martín. Él responde indicando el tatuaje. Es simpático, Jesús. Te ves muy joven, le dice a Martín, tú también, fui papá muy cabro. En eso la profesora cierra la puerta y empieza a hablar —llegan algunos padres atrasados, la puerta se tranca una vez, dos veces, nadie dice nada, hasta que una mujer rubia y gorda en la tercera fila se levanta, interrumpe a la profesora, y con un envidiable vozarrón la interpela: que cómo es posible, que qué sucedería si hubiera un terremoto o un incendio, qué pasaría con los niños.

La profesora guarda el silencio de quien sabe que debe pensar bien lo que va a decir. Es exactamente el minuto en que debe culpar a sus patrones, al sistema, a la municipalización de la educación pública, a Pinochet, a la inoperancia de la Concertación, al capitalismo, en fin, de hecho no es culpa de la profesora, que también ha pedido que arreglen la puerta, pero no piensa rápido, no es valiente: se acumulan las voces, las deja crecer, todos reclaman, todos gritan, y para peor justo alguien más llega atrasado y de nuevo se tranca la puerta. Jesús también grita y hasta Martín está a punto de gritar, pero la profesora pide respeto, que la dejen hablar: perdonen, este es un colegio pobre, no tenemos recursos, entiendo que se enojen pero piensen que si hay un incendio o un terremoto yo también me quedaría atrapada con los niños aquí –el efecto de esa frase dura dos o tres segundos, hasta que Martín se levanta furioso, y la apunta con el dedo diciendo, con pleno sentido del dramatismo: ¡pero usted no es mi hija! Todos lo apoyan, furiosos, y él se siente tan bien. Estuviste mortal, lo felicita después, camino a la micro, Jesús. Al despedirse Martín le pregunta si cree en Jesús. Y él responde, con una sonrisa: creo en Jesús.

Usted no es mi hija, murmura Martín, ahora, como un mantra. Por la noche le escribe a Bruno diciendo: todo en orden.

Una tarde, al volver del supermercado, descubre que han pegado unos carteles encima de los suyos. Recorre entera la avenida y comprueba que justo en los lugares donde instaló sus carteles ahora se anuncia la desaparición de una mezcla de siberiano y policial que responde al nombre de Pancho. Se ofrece una recompensa de veinte mil pesos. Martín anota el número y el nombre de Paz, la dueña de Pancho.

Hay una botella de Jack Daniel's en la cocina. Martín solamente bebe vino y cerveza, no está acostumbrado a los destilados, pero en un impulso se sirve un vaso y con cada trago descubre que el Jack Daniel's le gusta, que le fascina. De manera que está bastante borracho cuando decide llamar a Paz. Pusiste tu perro sobre mi gato, es lo primero que le dice, con torpeza y con vehemencia.

Son las diez y media de la noche. Paz parece sorpren-

176

dida, pero dice que comprende la situación. Él se arrepiente de su tono acalorado y el diálogo termina con desangeladas disculpas mutuas. Antes de colgar, Martín alcanza a oír en el fondo una voz, un reclamo. Es la voz de un niño.

A la mañana siguiente Martín ve por la ventana que una mujer joven viene en bicicleta y se entrega a la larga tarea de cambiar los carteles de lugar. Sale a la calle y la mira desde una cierta distancia –no es bella, piensa, decidiéndolo: solamente es joven, debe tener veinte años, Martín podría ser su padre (aunque esto no lo piensa). Paz desprende sus carteles y vuelve a acomodarlos arriba o abajo. Disimula con dobleces las puntas ajadas y arregla, de paso, los afiches de Martín. Actúa con destreza profesional y él llega a pensar que se dedica a eso: del mismo modo que hay gente que trabaja paseando perros, Martín piensa que ella integra una patrulla de buscadores de animales perdidos. No es el caso.

Se presenta y se disculpa de nuevo por haberla llamado tan tarde. La acompaña el resto del camino. Al comienzo ella se muestra reticente, pero el diálogo tiende a cobrar forma. Conversan sobre Misisipi y sobre Pancho y también sobre las mascotas en general, sobre la responsabilidad de tener mascotas, y hasta sobre la palabra *mascota*, que a ella no le gusta porque la encuentra despectiva. Martín fuma varios cigarros mientras hablan pero no quiere tirar las colillas. Las acumula en la mano como si fueran valiosas. Ahí hay un basurero, le dice Paz, de pronto, y la frase coincide con la esquina donde deben separarse.

Esa noche la llama, le dice que ha recorrido decenas de cuadras buscando a Misisipi y que ha aprovechado para buscar a Pancho también. Suena a mentira, pero es verdad. Ella agradece el gesto, pero no deja que el diálogo fluya. Martín empieza a llamarla a diario y las conversaciones siguen siendo breves, como si bastara con esas pocas frases para construir cierta presencia.

Una semana después ve a un perro parecido a Pancho cerca de la casa. Intenta acercarse, pero el perro se asusta. Llama a Paz. Le cuesta hablar, lo que tiene que decir de nuevo suena a mentira, a una excusa para verla. Pero Paz acepta. Se juntan y patrullan un rato por calles interiores, hasta que llega la hora en que ella debe ir a buscar a su hijo al jardín infantil. Martín insiste en acompañarla. No puedo creer que tengas un hijo, le dice. A veces yo tampoco puedo creerlo, responde Paz.

Otro pololo más, es lo primero que el chico dice al ver a Martín. Arrastra expresivamente su pequeña mochila sin mirarlo de frente, pero Paz le cuenta que Martín cree haber visto a Pancho y el niño se ilusiona e insiste en que sigan buscándolo. Recorren muchas cuadras, dan la impresión de una familia perfecta. Se despiden al llegar a casa de Paz. Ambos saben que volverán a verse y quizás el niño también lo sabe.

Ha pasado más de un mes desde la desaparición de Misisipi y Martín ya no espera encontrarlo. Incluso redacta un mail confuso y lleno de disculpas para Bruno, pero no se atreve a enviarlo. El gato regresa, sin embargo, una madrugada, apenas capaz de empujar la puerta, lleno de heridas y con una enorme pelota de pus en el lomo. El veterinario es pesimista, pero lo opera de urgencia y le receta unos antibióticos que Martín debe administrarle a diario. Tiene que alimentarlo con papilla para niños y limpiarle las heridas cada ocho horas. El pobre gato está tan mal que ni siquiera le quedan fuerzas para maullar o moverse.

Se concentra en la salud de Misisipi. Ahora lo quiere, lo cuida de verdad. Se olvida de llamar a Paz durante unos días. Es ella quien lo llama una mañana. Se alegra con la buena noticia. Media hora después están sentados alrededor del gato, acariciándolo, compadeciéndolo.

Me dijiste que vivías solo, pero esta parece la casa de una familia, lanza ella de pronto, mirando la foto de Consuelo. Martín se pone nervioso y demora la respuesta. Al final le dice cabizbajo, murmurando, como si le resultara doloroso recordarlo: nos separamos hace algunos meses, tal vez hace un año, mi mujer y la niña se fueron a un departamento, y yo me quedé aquí con el gato.

Tu mujer es hermosa, dice Paz, mirando la foto en la pared. Pero ya no es mi mujer, responde Martín. Pero es hermosa, insiste Paz. Y nunca me habías contado que tenías una hija.

Acabamos de conocernos, todavía no podemos decir palabras como *nunca* o como *siempre*, dice Martín. Y no me gusta hablar de eso, agrega. Me entristece. No supero, todavía, la separación. Lo peor es que Consuelo no me deja ver a la niña, quiere más plata, dice. Ella lo mira con ansiedad, con la boca entreabierta. Él debería sentir la adrenalina que alienta a los mentirosos, pero se distrae mirando esos dientes pequeños y un poco separados, la nariz medio aguileña, esas piernas flacas pero bien formadas, que le parecen perfectas. Fuiste padre muy joven, le dice Paz. Sí, responde: muy cabro. Tal vez demasiado joven, dice Martín, ya completamente enfrascado en la mentira.

Yo fui madre a los dieciséis y estuve a punto de abortar, dice Paz, tal vez para empatar las confidencias. Por qué no lo hiciste, le pregunta Martín. Es una pregunta tonta y ofensiva, pero ella no se inmuta. Porque en Chile el aborto es ilegal, dice muy seria, pero luego ríe y le brillan los ojos. Ese año, aclara enseguida, mis dos mejores amigas quedaron embarazadas: iba a abortar en el mismo lugar que ellas, pero a última hora me arrepentí y decidí tenerlo. Tiran en el sillón, al principio parece un buen polvo, pero él eyacula pronto, se disculpa. No te preocupes, responde ella, estás sobre el promedio de los chicos de mi edad, dice ella. Martín piensa en esa palabra, *chicos*, que él nunca usaría, y que en ella suena tan adecuada, tan natural. Después mira el cuerpo desnudo. Casi no tiene pecas en la cara ni en los brazos, pero el cuerpo está lleno, la espalda como salpicada con tinta rojiza. Le gusta eso.

Empiezan a verse a diario, siguen buscando a Pancho. La posibilidad de encontrarlo es ya remota, pero Paz no pierde la esperanza. Después van a la casa y curan juntos a Misisipi. La herida evoluciona lenta pero favorablemente y en la zona del lomo que el doctor le rapó ya se nota un pelaje más fino y menos oscuro. También el romance avanza y a un ritmo acelerado. A ratos él prefiere que sea así, lo necesita. Pero también quiere que todo termine: verse obligado a decir la verdad, que todo se vaya a la mierda. Un día Paz se da cuenta de que Martín ha quitado la foto de Consuelo. Le pide que vuelva a ponerla. Él le pregunta por qué. No quiero que nos confundamos, dice ella. Él no entiende bien, pero vuelve a poner la foto. Si te molesta que tiremos en la cama donde dormías y tirabas con tu mujer, le dice Paz, yo lo entendería. Él niega enérgicamente con la cabeza y le dice que de un tiempo a esta parte —esa expresión usa, de un tiempo a esta parte— ya no se acuerda de su mujer. De verdad, perdona que insista, dice ella: si te incomoda que tiremos aquí tienes que decírmelo —si ya casi no tirábamos, responde Martín, y se quedan en silencio hasta que ella le pregunta si con su mujer alguna vez tiraron sobre la mesa del living. Él responde, en mitad de una sonrisa caliente, que no. El juego sigue, vertiginoso y divertido. Ella le pregunta si alguna vez su mujer le untó la verga en leche condensada antes de chupársela, o si acaso, por casualidad, a su mujer le gustaba que le metieran tres dedos en el culo, o si en alguna ocasión le pidió que terminara en su cara, en sus pechos, en su culo, en su pelo.

Una de esas mañanas Paz llega con un rosal y una buganvilia, él consigue una pala, y juntos arman un mínimo jardín en el espacio vacío de la entrada. Él cava con torpeza, Paz le quita la pala y en cosa de minutos el trabajo está hecho. Perdona, le dice Martín, se supone que es el hombre el que hace la parte dura. No te preocupes, responde ella, y agrega, risueña: yo nací en democracia. Después, a pito de nada, quizás como una forma de anticipar la confesión, Martín se lanza en un monólogo sobre el pasado en que entremezcla pinceladas de verdad con algunas mentiras obligatorias, buscando un modo de ser honesto o menos deshonesto. Habla sobre el dolor, sobre la dificultad de construir vínculos duraderos, simples, con las personas. Soy un drogadicto de la soledad, le dice, como frase para el bronce. Ella lo escucha con atención, compasiva, y mueve la cabeza afirmativamente varias veces, pero después de una pausa en que se arregla el pelo, se acomoda en el sillón y se quita las zapatillas, le dice de nuevo, con picardía: yo nací en democracia. Y en el almuerzo, al ver que él corta los pedazos de pollo con tenedor y cuchillo, ella le dice que prefiere comer con la mano porque nació en democracia. La frase sirve para todo, en especial en la cama: cuando él quiere metérselo sin condón, cuando le pide que no grite tanto o que tenga cuidado al pasear desnuda por el living, y cuando ella se mueve tan salvaje y ávidamente encima que Martín no logra disimular el dolor en el pene: todas esas veces ella responde que nació en democracia, o simplemente dice, alzando los hombros: ¡democracia!

El tiempo corre con alegre indolencia. Hay horas, hay acaso días enteros en que Martín consigue olvidarse de quién es realmente. Olvida que finge, que miente, que es culpable. En dos ocasiones, sin embargo, está a punto de soltar la verdad. Pero la verdad es larga. Necesitaría muchas frases para decir la verdad. Y quedan sólo dos semanas. ¡No! Una semana.

Ahora conduce, nervioso: es viernes, mañana debe ir a un matrimonio, como pareja de Paz, y ella le pidió que fueran en el auto, de manera que tiene sólo un día para ensayar, debe parecer un conductor avezado, o al menos manejar con propiedad. Al principio todo va bien. Se le detiene el motor en una luz roja, como suele pasarle, pero tiene una reserva de valentía, y por momentos logra cierta fluidez, sin un plan fijo. Luego se entusiasma y decide ir al centro comercial y comprar los dos platos y las tres copas que ha roto, pero no consigue cambiar de fila en el momento correcto, ni salir un poco más allá, y se queda pegado en la pista diez minutos, hasta que las salidas se acaban: va hacia el sur, por la carretera, y no le queda más remedio que intentar un peligroso viraje en U.

Se queda en el bandejón central, decide tranquilizarse, apaga la radio, espera sin prisa su turno, pero cuando llega se le detiene de nuevo el auto, y está a punto de quedar a merced de un camión, que de hecho lo esquiva y lo tapa a bocinazos. Hace contacto pero no se atreve a lanzarse.

Pone marcha atrás y sigue hacia el sur, cada tanto piensa en intentar de nuevo el viraje o salir de la carretera, pero está helado, muerto de miedo, sólo puede seguir esa línea recta largos minutos. Llega al peaje, frena en seco, la recaudadora le sonríe, pero él es incapaz de devolver la sonrisa. Sólo puede seguir, como un autómata lento, los kilómetros que faltan para llegar a Rancagua.

Nunca he estado en Rancagua, piensa, avergonzado: se baja del auto, mira a la gente, intenta adivinar la hora por el movimiento en la Plaza de Armas: las doce –no, las once. Es temprano, pero tiene hambre. Se compra una empanada. Se queda una hora entera ahí, estacionado, fumando, pensando en Paz. Le molestan esos nombres tan cargados, tan plenos, tan directamente simbólicos: Paz, Consuelo. Piensa que si alguna vez llega a tener un hijo va a inventar un nombre que no signifique nada. Después da veinticuatro vueltas a la plaza –pero él no las cuenta–, unas adolescentes cimarreras lo miran raro. Se estaciona de nuevo, el teléfono suena, le dice a Paz que está en el supermercado. Ella quiere verlo. Él responde que no puede, porque tiene que recoger a la niña en el colegio. ¿Por fin podrás verla?, pregunta ella, ilusionada. Sí. Es una tregua, dice. Me encantaría conocerla, dice Paz. Todavía no, responde Martín. Más adelante.

Recién a las cuatro de la tarde emprende el regreso. El viaje es plácido esta vez, o menos tenso. Acabo de aprender realmente a manejar, piensa esa noche antes de dormir, ligeramente orgulloso. Y sin embargo el sábado, camino al matrimonio, detiene el auto, dice que siente un escozor en los ojos –no está seguro de que esa sea la palabra correcta, pero la usa. Paz toma el volante, no tiene documentos, pero no importa. La mira manejar, concentrada en el camino, con el cinturón de seguridad entre los pechos: por primera vez anticipa el dolor de la futura pérdida. Bebe tanto, tantísimo. Y sin embargo todo sale bien. Cae bien, baila bien, hace buenas bromas. Las amigas de Paz la felicitan. Ella se quita los zapatos rojos, baila a pie pelado, y él piensa que es absurdo haber dudado, al principio, de esa belleza: es hermosa, es libre, es divertida, maravillosa. Siente el deseo de decirle ahí mismo, en plena pista de baile, que está todo perdido, que es irreversible. Que la familia llega el miércoles. Vuelve a la mesa, la mira bailar con sus amigas, con el novio, con el padre del novio. Martín pide un whisky más, lo bebe de un sorbo, le gusta esa herida rasposa en la garganta. Mira la silla donde está la cartera y los zapatos de Paz: piensa en quedarse con esos zapatos rojos, como la caricatura del fetichista.

El día siguiente es de resaca. Despierta a las once y media, suena una música extraña, una especie de new age que Paz tararea mientras cocina. Se levantó temprano, fue a comprar una reineta y un montón de vegetales que ahora revuelve en el wok, añadiendo de a poco la salsa de soya. Después de almuerzo, echados en la cama, desnudos, Martín cuenta las pecas en la espalda, en el culo, en las piernas de Paz: doscientas veintitrés. Es el momento de confesarlo todo, e incluso piensa que ella entendería: se enojaría, se burlaría, dejaría de verlo por semanas, por meses, se sentiría confundida y todo eso, pero lo perdonaría. Empieza a hablar, tímidamente, buscando el tono, pero ella lo interrumpe y parte a buscar al niño, que está con los padres de Paz.

Vuelven a las cinco. Hasta aquí el niño había sido reticente con Martín, pero justo ahora se suelta y confía. Por primera vez juegan —primero intentan animar a Misisipi, todavía convaleciente, pero se rinden pronto. Después el niño pone los tomates junto a las naranjas, le dice a Martín que quiere jugo de naranjas, él busca y saca los tomates, y cuando va a partir el primero el niño dice ¡noooooo! Repiten la rutina doce, quince veces. Hay una variación: antes de partir el tomate, Martín se da cuenta y dice, furioso, que el almacenero le vendió tomates en vez de naranjas, y finge que va furioso a reclamar para que el niño diga, embriagado de felicidad, ¡noooooooooo!

Ahora juegan con el control remoto. El niño pulsa un botón y Martín se cae, se muerde una mano, lanza un grito o se queda sin voz. Y si realmente me quedara sin voz, piensa, cuando el niño duerme en el regazo de su madre.

Que me bajen el volumen, piensa Martín.

Que me adelanten, que me retrocedan.

Que graben encima de mí.

Que me borren.

Ahora Paz, el niño y Misisipi duermen y Martín lleva horas encerrado en el estudio, haciendo quizás qué, tal vez llorando.

Lo primero que ven, al bajar del taxi, les agrada. Consuelo mira la buganvilia y el rosal, y quiere saludar de inmediato a Martín para agradecerle ese gesto. Enseguida se sorprenden con la foto de Consuelo en la pared principal, y en medio del desconcierto ella incluso piensa, por una milésima de segundo, que la foto siempre estuvo allí, pero no, claro que no. Recorren la casa alarmados y la confusión crece en la medida en que revisan las habitaciones: es evidente que Martín trajinó los cajones y los armarios y a cada minuto descubren nuevas manchas en las cortinas y restos de ceniza en las alfombras. El gato está en la pieza de la niña, durmiendo encima de unos peluches. Repasan sus heridas, que aún no cicatrizan por completo, y agradecen, dentro de todo, que esté bien. Encuentran, en la cocina, unas jeringas sucias junto a los remedios y las recetas.

Martín no está y tampoco contesta el celular. No hay una nota que explique mínimamente la situación. No comprenden lo que ha pasado. Es difícil entenderlo. Al principio piensan que Martín les robó y Bruno revisa alarmado la biblioteca pero no se notan mayores pérdidas.

Se siente tonto por haber confiado en Martín. Hablaron tantas veces por mail, pero no sospechó nada. Estas cosas pasan, dice Consuelo, por su parte, pero lo dice sin convicción, automáticamente. Cada tanto Bruno insiste en llamar a Martín, y le deja mensajes en el buzón de voz, mensajes a veces amistosos y otras veces violentos.

Pocos días después, tocan el timbre, muy temprano. Consuelo sale a abrir. Qué desea, le pregunta a una mujer joven, que se queda helada, reconociéndola. Qué desea, repite Consuelo. Ella tarda en responder. Mira a Consuelo intensamente, de nuevo, y con un ademán de desprecio o de suprema tristeza responde: nada. Quién era, pregunta Bruno, desde la pieza. Consuelo cierra la puerta y duda un segundo antes de responder: nadie.

HACER MEMORIA

Yasna le disparó a su padre en el pecho y después lo asfixió con la almohada. Él era profesor de educación física, ella no era nada, no era nadie. Pero ahora sí: ahora es alguien que ha matado, alguien que está en la cárcel. Alguien que espera su ración de comida y recuerda la sangre de su padre, tan oscura, tan densa. Pero no escribe sobre eso. Escribe sólo cartas de amor.

«Sólo cartas de amor», como si eso fuera poco.

Pero no es verdad que haya matado a su padre. Ese crimen nunca sucedió. Y tampoco escribe cartas de amor, nunca lo ha hecho, quizás porque no sabe nada sobre el amor, y lo que sabe no le gusta, lo que sabe es monstruoso. El que escribe es otro, alguien que la recuerda con urgencia, pero no porque la extrañe o quiera verla, no es exactamente eso, sino porque le pidieron, hace unos meses, un relato policial, de preferencia ambientado en Chile, y de inmediato pensó en ella, en Yasna, en ese crimen que no sucedió, y aunque tenía otras decenas de historias para elegir, varias de ellas más dóciles, más sencillas de convertir en relatos policiales, él pensó que la historia de

Yasna merecía ser contada, o que podía contarla, que no era difícil contarla.

Tomó algunas notas, pero después tuvo que concentrarse en otros encargos, y las semanas pasaron volando: le queda sólo un día para escribir, el día que ahora comienza, cuando son las siete y media y hace demasiado frío, porque ya es invierno plenamente, así que se viste encima del pijama, y mientras conduce a la estación de servicio para comprar parafina, piensa con seguridad, con optimismo, que tiene toda la mañana para trabajar en sus apuntes y que por la tarde escribirá sin pausas, durante cuatro o cinco horas, y hasta le quedará tiempo para ir a conocer, por la noche, con algún amigo, el restorán peruano que inauguraron en el barrio.

La parte inocente de la historia, la que menos sirve, la que él no contaría, o al menos no de esta manera, la parte que ni siquiera recuerda por entero –porque su trabajo consiste, también, en olvidar, o en fingir que recuerda lo que ha olvidado– empieza en el verano, a fines de los ochenta, cuando ambos tenían catorce años y él ni siquiera se interesaba en la literatura, la verdad es que entonces lo único que le interesaba cabalmente era perseguir, con pudor pero también con persistencia, a algunas mujeres. Pero es excesivo llamarlas mujeres porque no lo eran todavía, del mismo modo que él no era un hombre, aunque en comparación Yasna era varias veces más mujer de lo que él era hombre.

Yasna pasaba el tiempo en el desordenado antejardín de rosales, matas de ruda y colas de zorro, sentada en un taburete, con un bloc de dibujo sobre las piernas –qué estás dibujando, le preguntó él una tarde, desde el otro lado de la reja, envalentonado, y ella sonrió, pero no porque quisiera sonreír, fue un acto reflejo. Por toda respuesta ella le mostró el bloc, y a la distancia a él le pareció que en el papel había el boceto de un rostro, no supo si de un hombre o de una mujer, pero creyó notar que era un rostro.

No se hicieron amigos pero siguieron hablando cada tanto. Dos meses después, ella lo invitó a su cumpleaños, y él, respirando felicidad, intentando la jugada maestra, le compró un globo terráqueo en la librería de la plaza. La noche de la fiesta salió puntual, pero se encontró con Danilo, que fumaba con otro amigo un pito en la esquina, tenían un montón de hierba, habían empezado a cultivar hacía un tiempo, pero aún no se decidían a venderla. Fumó cuatro o cinco piteadas profundas, y sintió al tiro el despunte del efecto, que conocía bien, aunque no fumaba con frecuencia. Qué tienes ahí, le preguntó Danilo, y él esperaba esa pregunta, escondía la bolsa para que le preguntaran: el mundo, respondió, con regocijo. Desataron con cuidado el envoltorio de celofán y estuvieron un rato buscando países. Danilo quería encontrar Suecia, pero no lo consiguió. Qué grande este país, dijo apuntando a la Unión Soviética, y le regaló otro pito para el camino.

Yasna parecía ser la única que tomaba la fiesta en serio, con su vestido azul a la rodilla, los ojos delineados, las pestañas crespas y oscurecidas, y la sombra de un celeste tímido en los párpados. Sonaba por lado y lado un casete que ya no estaba de moda, o que sólo lo estaba para los más o menos quince invitados que atestaban el living. Se notaba que eran todos muy amigos, porque cambiaban de pareja en mitad de las canciones, que coreaban con entusiasmo, aunque no tenían idea de inglés.

Él se sentía fuera de lugar, pero Yasna lo miraba cada dos minutos, cada cinco minutos, y el ritmo de esas miradas competía con el letargo de la hierba. Después de tomarse al seco dos vasos altos de Kem piña, se sentó frente a la mesa del comedor, mientras empezaba a sonar Duran Duran, también el casete completo: no-no-notorious. Lo bailaban raro, como si fuera polka, o como esos antiguos bailes de salón. Le resultaba todo muy ridículo, pero no se hubiera negado a participar, habría bailado bien, pensó de repente, con una gota inexplicable de resentimiento, y después se concentró en las papas fritas, en las ramitas, en el queso cortado en cubos disparejos, en las nueces, en unas decenas de pelotas crocantes multicolores que le parecieron, quién sabe por qué, interesantes.

No recuerda los detalles, salvo el repentino azote del hambre, la herida del hambre: el bajón. Tuvo que esforzarse para comer a una velocidad convencional, pero cuando Yasna llegó con los nachos y una fuente inmensa de guacamole, perdió el control. Recién empezaban a conocerse en Chile los nachos con guacamole, él nunca los había probado, ni siquiera sabía que se llamaban así, pero después de probarlos no podía parar, aunque se daba cuenta de que lo miraban, era como si hicieran turnos para mirarlo. Tenía en los dedos restos de palta, de tomate y la grasa de los nachos, le dolía la boca, sentía pedazos a medio morder en las muelas, los recuperaba tenazmente con la lengua. Se comió casi solo la fuente entera, fue un escándalo. Y quería seguir comiendo.

En eso abrieron la puerta de la cocina y una luz blanca le dio en la cara. Se asomó un hombre más bien gordo pero maceteado, la partidura dividía en mitades idénticas su pelo peinado con gomina. Era el padre de Yasna, y había a su lado alguien más joven, se diría que buenmozo, a no ser por un resto de labio leporino, aunque quizás esa imperfección lo hacía más atractivo. Aquí termina, quizás, la parte inocente de la historia: cuando lo toman del brazo presionándolo fuerte, y él intenta seguir comiendo, desesperado, y después, tras una larga y confusa serie de miradas duras y frases entrecortadas, de roces y tironeos, cuando siente una patada en el muslo derecho seguida por decenas de patadas en el culo, en los tobillos, en la espalda: está en el suelo, aguantando el dolor, con el llanto de Yasna y unos gritos ininteligibles como ruido de fondo: quiere defenderse, pero apenas consigue proteger su entrepierna. Quien lo golpea es el otro hombre, a quien luego Yasna llamará *el ayudante*. También el padre de la niña presencia la escena y ríe como los malos ríen en las malas películas y a veces también en la realidad.

Aunque nada de esto, en esencia, le interesa para su relato, intenta recordar si aquella noche hacía frío (no), si había luna (menguante), si era viernes o sábado (era sábado), si alguien intentó, en medio de la confusión, defenderlo (no). Acaba de llenar los bidones, ahora está en el Essomarket, tomando café, masticando un aliado y hojeando el diario que venía como promoción con el café y el aliado. Lo que quieren es simplemente una sangrienta historia latinoamericana, piensa, y anota en los márgenes de las noticias una serie de decisiones que aparecen con armonía, con naturalidad, como la promesa de una jornada tranquila: el padre se llamará Feliciano y ella Joana, el ayudante y Danilo no le sirven, tampoco la marihuana, quizás una droga dura, y aunque no le tinca, por trillado, transformar a Feliciano en un narco, sí piensa que es necesario bajar de clase a los protagonistas, porque la clase media —esto lo piensa sin ironía— es un problema si se quiere escribir literatura latinoamericana. Necesita una población

191

santiaguina donde no sea raro ver en las plazas adolescentes en pasta base o en neoprén.

Tampoco le sirve que Feliciano sea profesor de educación física. Prefiere imaginarlo desempleado, humillado, cesante, a comienzos de los ochenta, o después, sobreviviendo en los programas de la dictadura, barriendo invariablemente un mismo pedazo de vereda, o bien convertido en un soplón que delata los movimientos sospechosos en el vecindario, o quizás acuchillando a alguien en el suelo. O como un carabinero que llega tarde a casa pidiendo a gritos su comida y no tiene empacho en amenazar a su hija con la misma luma con que reprimió a los manifestantes a mediodía.

Le vienen dudas, a esta altura, pero no es grave, nada es tan grave, piensa: se trata de un cuento de diez páginas, de quince páginas máximo, no tiene que demorarse en latosas composiciones de lugar, y dos o tres frases sonoras, unos pocos adjetivos bien puestos solucionan cualquier cosa. Se estaciona, saca los bidones del maletero y luego, mientras llena el estanque de la estufa, imagina a Joana rociando parafina por toda la casa, con su padre adentro —demasiado efectista, le parece, prefiere una pistola, quizás porque recuerda que había un arma en casa de Yasna, que cuando ella dijo que mataría a su padre mencionó que en su casa había un arma.

Había un arma, claro que sí, pero era un rifle a postones solamente, que dormía hacía años en el ropero, como testimonio del tiempo en que el hombre iba al campo, con sus amigos, a cazar perdices y conejos. Sólo una vez, un domingo de primavera, al volver de la iglesia, a los siete años, Yasna vio a su padre dispararlo. Estaba en el patio, bajando una cerveza y apuntando, con buen pulso, a los volantines en el cielo. Dio cuatro veces en el blanco: los volantines fallaban lentamente, hasta que se iban a pique sin que sus dueños entendieran lo que pasaba. Yasna pensó en esos padres e hijos de otras villas, desconcertados, pero no dijo nada. Luego le preguntó si se podía matar a alguien con ese rifle, y él respondió que no, que sólo servía para cazar, «pero si apuntas a la cabeza desde cerca», rectificó su padre al rato, «lo dejas medio huevón».

Después de la fiesta, el escritor —que en ese tiempo ni siquiera soñaba con ser escritor, soñaba muchas cosas, casi todas mejores que convertirse en escritor— se asustó enormemente y no hizo ningún esfuerzo por ver a Yasna de nuevo, más bien evitaba el camino que conducía a esa casa, todas las calles que conducían a esa casa, y tampoco fue a la iglesia, pues sabía que ella iba a la iglesia, lo que en todo caso no suponía gran esfuerzo, porque en ese tiempo ya había dejado de creer en Dios. Pasaron seis años antes de que volvieran a encontrarse, por azar, en el centro. Yasna tenía el pelo más liso y largo, llevaba el traje de dos piezas que le daban en el trabajo, mientras que él, como si quisiera ejemplificar la moda de la época, o la parte de la moda que le correspondía a un estudiante de letras, llevaba una camisa escocesa, el pelo desordenado y bototos. Ya era escritor entonces, para ser justos: ya había escrito algunos cuentos, y un escritor es alguien que escribe, bien o mal pero escribe, poco o mucho pero escribe, así como un asesino es alguien que mata, a uno o a varios, a un desconocido o a su padre, pero mata. Y no es justo decir que ella no era nada, que no era nadie, porque era cajera en un banco, y el trabajo no le gustaba pero tampoco pensaba —ni piensa ahora— que existiera un trabajo que pudiera gustarle.

Mientras tomaban nescafé en una fuente de soda, hablaron sobre la golpiza y ella intentó explicarle lo que había pasado, pero decía que tampoco lo tenía claro. Después habló más bien sobre su infancia, en especial sobre la muerte de su madre, en un choque, apenas había alcanzado a conocerla, y mencionó también al ayudante, fue esa la manera como lo presentó su papá, mientras barnizaban unas sillas de mimbre en el patio, aunque después, días o quizás semanas más tarde, le aclaró, como si no fuera algo importante, que en realidad el ayudante era hijo de un amigo que había muerto, que no tenía adónde ir, por eso viviría con ellos un tiempo. Entonces el ayudante tenía veinticuatro años, dormía buena parte de la mañana, no trabajaba ni estudiaba, pero a veces se quedaba con la niña, sobre todo los martes, cuando el padre de Yasna llegaba a medianoche después de entrenar con el equipo de básquetbol, y los sábados, cuando el hombre tenía partidos y se iba con los jugadores a tomar unos schops. El escritor no entendía por qué ella le contaba todo esto, como si no supiera –y quizás no lo sabía, aunque en ese tiempo ya quería ser escritor y un escritor debería saberlo– que esa es la manera como la gente se conoce, contándose cosas que no vienen a cuento, soltando las palabras alegremente, irresponsablemente, hasta llegar a territorios peligrosos, a lugares donde las palabras necesitan el barniz del silencio.

Aunque la conversación no había terminado, él le preguntó si tenía teléfono, si había manera de que volvieran a verse, porque ahora tenía que irse a una fiesta. Yasna se encogió de hombros, y quizás esperó que él la invitara a esa fiesta, aunque en ningún caso podía ir, pero no la invitó, y ella ya no quiso darle su teléfono, le prohibió que apareciera por su casa, a pesar de que el ayudante ya no vivía ahí. Entonces cómo volvemos a vernos, le dijo de nuevo, y ella se encogió, de nuevo, de hombros.

Pero había mencionado el nombre del banco donde trabajaba, que tenía sólo tres sucursales, de manera que pudo encontrarla unas semanas más tarde, y empezaron una rutina de almuerzos, casi siempre en un local de pollos fritos en la calle Bandera, o en una picada en Teatinos, y también, cuando alguno de los dos tenía más plata, en El Naturista. Él seguía pretendiendo algo más, pero ella se escurría y le hablaba de un novio tan generoso y comprensivo que a todas luces sonaba inventado. A veces, por largos pasajes, él la miraba hablar pero no la escuchaba, miraba sobre todo su boca, sus dientes perfectos salvo por las manchas que el humo del cigarro dejaba en sus paletas. La veía hablar, sin escucharla, hasta que ella subía o bajaba el tono, o bien soltaba alguna información inesperada, como sucedió cuando dijo una frase que, a pesar de que él no tenía la menor idea de lo que ella estaba hablando, lo devolvió al presente, aunque ella no la pronunció en el tono de una confesión: al contrario, la dijo sin dramatismo, como si fuera una broma, como si fuera posible que una frase como esa fuera una broma. «No fui feliz en la infancia», fue la frase que ella dijo, y él no entendió lo que debería haber entendido, lo que cualquiera hoy entendería, pero escucharla decir eso lo remeció, o al menos lo despertó.

¿Realmente ella usó esa palabra tan formal, tan literaria, «infancia»? Quizás dijo «cuando niña», «cuando chica». Como sea, años atrás, diez o quince años, con seguridad treinta años atrás, había que contar la historia entera, cultivando un sentido del misterio, cuidando los golpes de efecto, procurando una emoción gradual, sobrecogedora. Los narradores buenos y también los malos sabían hacerlo, y no les parecía inmoral, incluso lo disfrutaban, en la medida en que plasmar una historia siempre proporciona alguna clase de placer. Para qué serviría ahora ese misterio, qué clase de placer podría obtenerse cuando ya se escapó la frase que lo dice todo, porque hay frases que han conquistado su libertad: que hemos aprendido a escuchar, a leer, a escribir. Quince años, treinta años atrás, los narradores buenos, y también los malos, habrían confiado en una frase como esa para despertar un misterio que solamente revelarían en la proximidad del final, con la escena del padre durmiendo y el ayudante en la pieza tocando los pezones de una niña de diez años, que se sorprende pero, como si fuera un ejercicio de simetrías o el juego del monito mayor, mete la mano bajo la polera del ayudante y le toca de vuelta, con entera inocencia, un pezón.

Y esa otra escena, dos días después, cuando el padre andaba en el básquetbol y el ayudante la llama, cierra la puerta, le quita la ropa, y la niña no se resiste, se queda encerrada ahí, busca entre la ropa de él, que todavía está en los bolsos, como si el ayudante, que vive ahí desde hace meses, acabara de llegar, o como si estuviera a punto de marcharse —la niña se prueba unos polerones y bluyines enormes, y se muere de ganas de mirarse en el espejo, pero en la pieza del ayudante no hay espejo, así que enciende una pequeña tele en blanco y negro que hay en el velador, donde pasan una teleserie, que no es la teleserie que ella ve, y la perilla del sintonizador está rodada, pero igual se mete en la trama, y está en eso cuando siente voces en el living —el ayudante entra con dos tipos y le quita la ropa, la amenaza con la botella de Escudo que tiene en la mano izquierda, ella llora y los tipos ríen, borrachos, en el suelo. Uno de ellos dice «si no tiene tetas ni pendejos, huevón», y el otro responde «pero tiene dos hoyos».

El ayudante no dejó que la tocaran, sin embargo. «Es mía nomás», les dijo, y los echó. Después puso una música grotesca, como de Pachuco, y le ordenó que bailara. Ella lloraba en el suelo, como en una pataleta. «Perdona», la consoló más tarde, mientras recorría la espalda desnuda de la niña, su culo todavía sin forma, sus piernas de palillo blanco. Le metía los dedos y se detenía, la acariciaba y la insultaba con palabras que ella nunca había escuchado. Luego empezó, con brutal eficacia de pedagogo, a indicarle la manera correcta de chupársela, y ante un movimiento peligroso e involuntario le advirtió que, si se la mordía, la mataba. «La próxima vez tenís que tragártelo», le dijo después, con esa voz aguda de algunos hombres chilenos, intentando sonar indulgente.

Nunca eyaculó dentro de ella, prefería terminarle en la cara, y después, cuando el cuerpo de Yasna cobraba forma, en sus pechos, en su culo. No estaba claro que le gustaran esos cambios, y en todo caso, durante los cinco años en que la violó, varias veces perdió el interés, o las ganas. Yasna agradecía las treguas, pero sus sentimientos eran ambiguos, desordenados, quizás porque de algún modo pensaba que le pertenecía al ayudante, quien ya ni siquiera la hacía prometer que no diría nada a nadie. El padre llegaba del trabajo, se preparaba un té, saludaba a su hija y al ayudante, después les preguntaba si necesitaban algo, le pasaba mil pesos a él y quinientos a ella, y se encerraba durante horas a ver las teleseries, las noticias, el estelar, de nuevo las noticias, y la serie *Cheers*, al final de la programación, que le encantaba, y a veces escuchaba ruidos, y cuando los ruidos fueron demasiado fuertes consiguió unos audífonos y los conectó a la tele.

197

Fue justamente el ayudante quien incentivó a Yasna a organizar la fiesta de quince («te lo mereces, eres una niña buena y normal», le dijo). Por entonces llevaba unos meses desinteresado, sólo la tocaba ocasionalmente. Esa noche, sin embargo, después de la golpiza al escritor, cuando ya casi amanecía, borracho y pinchado por los celos, le dijo a Yasna, en el inequívoco tono de una orden, que en adelante dormirían en la misma pieza, que ahora actuarían como marido y mujer, y sólo entonces el padre, que también estaba completamente borracho, le dijo que era imposible, que no podía seguir culiándose a su hermana –el ayudante se defendió diciendo que eran medio hermanos nomás, y fue así como ella supo del parentesco. Totalmente descontrolado, con ojos de odio, el ayudante empezó a pegarle al padre de Yasna, que como sabía desde siempre era también su propio padre, e incluso le dio a Yasna un combo en el lado izquierdo de la cabeza antes de irse.

Dijo que se iba para siempre, y al cabo cumplió su palabra, pero durante los meses siguientes ella seguía temiendo que volviera, y a veces también quería que volviera. Una noche sintió miedo y durmió vestida, al lado de su padre. Dos noches. A la tercera durmieron abrazados, también la cuarta, la quinta noche. La noche número seis, de madrugada, todavía adormilada, sintió el dedo pulgar de su padre tanteándole el culo. Quizás se le escapó una lágrima cuando recibió la embestida del pene gordo de su padre, pero no se echó a llorar, porque ya no lloraba, del mismo modo que ya no sonreía cuando quería sonreír: lo que equivalía a una sonrisa, lo que hacía cuando sentía deseos de sonreír, lo ejecutaba de otra forma, con otra parte del cuerpo, o en la pura cabeza, en la imaginación. El sexo volvió a ser lo único que para ella había sido: algo mecánico y arduo, rudo, pero sobre todo mecánico.

El escritor almuerza nada más que una crema de espárragos y media copa de vino. Se echa en el sillón junto a la estufa, cubierto por una frazada. Duerme sólo diez minutos, que sin embargo son más que suficientes para un sueño lleno de acontecimientos, con numerosas posibilidades e imposibilidades, que de inmediato olvida al despertar, pero retiene esta escena: conduce por la carretera de siempre, hacia San Antonio, en un auto que tiene el volante a la derecha, y todo parece bajo control, pero mientras se acerca al peaje lo invade la angustia de explicar su situación a la recaudadora. «Voy a bajarme rápido», piensa en el sueño, «le voy a explicar», mientras teme que la mujer muera de susto al ver el sitio vacío en el lugar donde debía estar el conductor. El volumen de ese pensamiento sube hasta volverse estridente: al ver ese auto conducido por nadie, la recaudadora –una en especial, una que siempre recuerda, por la forma de atarse el pelo, y la nariz extraña, alargada y torcida, pero no necesariamente fea– moriría de susto. Decide detener el auto unos metros antes y bajar alzando los brazos, imitando el gesto de quien quiere demostrar que no viene armado, pero la escena no llega a consumarse, porque aunque la caseta está cerca el auto se demora infinitamente.

Anota el sueño, pero lo falsea, lo redondea, siempre hace eso: no puede evitar embellecer sus sueños cuando los transcribe, decorarlos con escenas falsas, con frases más verosímiles o totalmente fantasiosas que insinúan salidas, conclusiones, giros sorpresivos. En su relato la recaudadora es Yasna y es verdad que de un modo indirecto, subterráneo, se parecen. De pronto entiende el hallazgo, el desplazamiento: en lugar de trabajar en un banco, Joana será recaudadora en un peaje, que es uno de los peores trabajos posibles. La imagina estirando la mano, procurando agarrar todas las monedas, amando y odiando a los conductores, o completamente indiferente. Imagina el olor de las monedas en las manos. La imagina sin zapatos, con las piernas abiertas, que son las únicas licencias que puede tomarse en esa celda, y después a bordo de un bus intercomunal, de vuelta a casa, dormitando contra la ventana, y luego planeando el asesinato, ahora en verdad convencida de que, después de todo, como dicen en la misa, es justo y necesario. Después de cometer el crimen arranca hacia el sur, duerme en un hostal en Puerto Montt, y llega a Dalcahue o a Quemchi, donde espera encontrar un trabajo y olvidarse de todo, pero comete algunos errores absurdos, desesperada.

La última vez que vio a Yasna estuvieron a punto de acostarse. Hasta ahí sólo se encontraban en esos almuerzos en el centro, cuando él la invitaba al cine o a bailar ella se deshacía en excusas y hablaba con vaguedad sobre ese novio o pololo perfecto que había inventado. Pero un día cualquiera ella lo llamó por teléfono, fue a la casa del escritor, vieron una película y después pensaban ir a la plaza, pero a medio camino ella cambió de idea, y terminaron donde Danilo, fumando hierba y tomando borgoña. Estaban los tres, en el living, voladísimos, echados en la alfombra, desaprensivos y felices, cuando Danilo intentó besarla y ella lo rechazó cariñosamente. Después, media hora, quizás una hora después, les dijo a ambos que en otro mundo, que en un mundo perfecto, ella se acostaría con los dos, y con cualquiera, pero que en este mundo de mierda ella no podía acostarse con ninguno. En sus palabras había un peso, una elocuencia, que debería haberlos fascinado, y quizás así estaban, fascinados, pero más bien se veían ausentes, perdidos.

Después de un rato Danilo lanzó una risa o un estornudo. Si quieres un mundo perfecto, fúmate otro, le dijo, y se fue a su pieza a ver la tele. Ellos siguieron en el living y aunque no había música Yasna se puso a bailar y sin demasiado preámbulo se quitó el vestido y el sostén. Él la besó y le tocó los pechos, acarició su entrepierna, le quitó el calzón y lamió lentamente el vello de su pubis, que no era negro como su pelo, sino más bien castaño. Pero ella volvió a vestirse de súbito y se disculpó, le dijo que no podía, que perdonara, que no era posible. Por qué, preguntó él, y en su pregunta había desconcierto pero también amor —él no lo recuerda, él sería incapaz de recordarlo, pero había amor. Porque somos amigos, dijo ella. Si no somos tan amigos, respondió él, con total seriedad, y lo repitió muchas veces. Yasna soltó una bella risa de volada, una carcajada verdadera y deliciosa que se fue apagando muy de a poco, que duró diez minutos, quince minutos, hasta que pudo encontrar, con dificultad, el camino hacia el tono serio y resonante con que correspondía decirle que esto era una despedida, que no podrían verse nunca más. Él sabía que no tenía sentido preguntar nada. Se quedaron abrazados en un rincón. Él tomó la mano derecha de Yasna y fue mordiendo y comiendo sus uñas con calma. Él no lo recuerda pero mientras la miraba y mordía sus uñas pensaba que no la conocía, que nunca la conocería.

Antes de irse se sentaron un rato con Danilo, frente a la tele, a ver un partido de tenis. Ella tomó cuatro tazas de té, a una velocidad impresionante, y comió dos marraquetas. Dónde está tu mamá, le preguntó a Danilo de repente. Donde una tía, respondió. Y dónde está tu papá. No tengo papá, respondió. Y entonces ella dijo: qué suerte. Yo sí tengo, pero lo voy a matar. En mi casa hay un rifle y yo voy a matar a mi papá, dijo. Y voy a ir a la cárcel y voy a ser feliz.

Son ya las tres de la tarde, no le queda demasiado tiempo. Enciende el computador con urgencia, le molestan los segundos que tarda en iniciarse el sistema, el procesador de texto. Escribe, de inmediato, en cosa de minutos, las cinco primeras páginas, desde el momento en que el detective llega al lugar de los hechos y descubre que ha estado ahí, que es la casa de Joana, hasta cuando sube al entretecho y encuentra viejas cajas con ropa del tiempo en que fueron novios, porque en la ficción sí fueron novios, pero no durante mucho tiempo, a escondidas. También encuentra el globo terráqueo que él le regaló, pero sin el soporte que lo sostenía, además de una mochila que cree reconocer en medio del desorden de cañas y carretes de pesca, baldes y palas para la playa, sacos de dormir, mancuernas oxidadas. Sigue buscando y rebuscando, movido más por la nostalgia que por el deseo de encontrar algo, y entonces, como suele suceder en los libros, en las películas y a veces también en la realidad, encuentra una evidencia que no es concluyente para los demás, pero sí para él: una caja llena de dibujos, cientos de dibujos, que eran todos retratos del padre, ordenados por fechas o por secuencias, pero cada uno más fidedigno que el anterior, al comienzo trazados con grafito, y después, la mayoría, con la pasta verde de un lápiz bic de punta fina. Al ver los contornos remarcados, repasados tantas veces que con frecuencia rompían la hoja, y al reparar en la exageración de los rasgos, que sin embargo nunca llegaban a la caricatura, que nunca perdían el aura del realismo, al considerar de nuevo los dibujos el detective descubrió lo que debería haber sabido mucho antes, lo que no supo leer, lo que no supo decir, lo que no supo hacer.

Trabaja a velocidad crucero las escenas intermedias y

se esmera en las últimas dos páginas, cuando el detective encuentra a Joana en un hostal de Dalcahue y le promete que va a protegerla. Ella relata, con abundantes detalles, el crimen, postergado tantas veces durante su vida, y mientras llora luce más tranquila. Quizás se quedan juntos, finalmente, después de todo, pero no es seguro. El final es justo, delicado, elegantemente ambiguo, aunque no está claro qué es lo que el escritor entiende por ambigüedad, por delicadeza, por elegancia.

No es un gran relato, pero lo manda sin más redobles, y hasta alcanza a tomar un pisco sour y a comer unas yucas a la huancaína antes de que lleguen sus amigos al restorán.

No es un gran relato, no. Pero a Yasna le gustaría.

A Yasna le gustaría ese relato, aunque no lee, no le gusta leer. Si fuera una película, la vería hasta el final. Y si la pillara de nuevo y no la recordara del todo, e incluso si la recordara bien, volvería a verla. Pero no suele ver películas y tampoco suele acordarse del escritor, ni siquiera sabe que es escritor. Lo recordó, eso sí, hace unos meses, caminando por la villa donde él vivía.

Cuando desahuciaron a su padre, le recomendaron darle marihuana para sobrellevar los dolores, y pensó en las plantas de Danilo, por eso la caminata, que parecía errática pero no lo era: le gustaba ese lujo de dar vueltas sin sentido, a la redonda, o incluso llegar al final de la calle y devolverse, como si buscara una dirección, pero recordaba perfectamente dónde vivía Danilo, sólo quería ese lujo, que era un lujo moderado, aquella tarde, porque tenía tiempo: su padre estaba durmiendo, más calmado, con menos dolores que la semana anterior, podía salir y dar una vuelta, demorarse.

Espero que no hayas matado a tu viejo, le dijo Danilo, cuando finalmente la reconoció, y como ella no recordaba lo que había dicho esa noche de hace casi veinte años, lo miró con alarma y desconcierto. Después se acordó de ese plan, del rifle a postones, y de esa tarde loca. Sintió una alegría incómoda al recordar esos detalles perdidos, mientras Danilo hablaba y bromeaba. Le gustó esa casa, el ambiente, la camaradería. Se quedó a tomar once con Danilo, su mujer y su hijo, un niño moreno y melenudo que hablaba como adulto. La mujer, después de mirar a Yasna intensamente, le preguntó cómo hacía para mantenerse tan flaca. Siempre he sido flaca, respondió. Yo también, dijo el niño. Yasna compró bastante marihuana y también Danilo le regaló unas semillas.

A la planta le falta un tiempo para florecer, ahora la riega y la mira mientras escucha las noticias en la radio. Su padre ya no la viola, no podría. Ella no lo ha perdonado, ha llegado a un punto en que no cree en el perdón, ni en el amor, ni en la felicidad, pero quizás cree en la muerte, o al menos la espera. Mientras cambia, en el living, los muebles de lugar, piensa en lo que será su vida cuando él muera: es un sentimiento abstracto de liberación, quizás demasiado abstracto, y por eso mismo fatigoso. Piensa en un dolor ambiguo, en un desastre tranquilo, silencioso.

Escucha desde la cocina los quejidos de su padre, su voz degradada, corrompida por la enfermedad. A veces le grita, la reta, pero ella no le presta atención. Otras veces, en especial cuando está volado, lanza unas risas ahogadas, dice frases inconexas. Yasna piensa en la voluntad de vivir, en su padre aferrándose a la vida, quién sabe para qué. Le lleva otra galleta de marihuana, le enciende la tele, le pone los audífonos. Se queda un rato a su lado, mirando una revista. «No creía en Dios, pero sólo con su ayuda pude superar el dolor», dice un actor famoso sobre la muerte de su esposa. «Es simple: mucha agua», dice en otra página una modelo. «No dejes que las burlas te afecten.» «Es su segunda teleserie en lo que va del año.» «Hay muchas maneras de vivir.» «No sabía en lo que me estaba metiendo.» «Puede que tengas que hacer un gran esfuerzo para cumplir con las tareas pendientes.»

Siente el camión de la basura, los gritos de los recolectores, los ladridos del perro, el rumor de risas grabadas que viene de los audífonos, escucha la respiración de su padre y su propia respiración, y ninguno de esos ruidos alcanza a modificar su sensación de silencio –no de paz: de silencio. Después va al living, se hace un pito y lo fuma en la oscuridad.

ÍNDICE

I
Mis documentos 9
Camilo 29
Recuerdos de un computador personal 51
Verdadero o falso 66
Larga distancia 81

II
Instituto Nacional 99
Yo fumaba muy bien 115

III
Gracias 141
El hombre más chileno del mundo 150
Vida de familia 164
Hacer memoria 187